聘　书

兹聘请 贺登才 先生为"十四五"国家发展规划专家委员会委员，特发此证。

国家发展和改革委员会
2019年4月

荣誉证书

经研究，决定授予贺登才同志"中国物流行业特别贡献奖"。

中国物流与采购联合会
2024 年 12 月 16 日

聘 书
LETTER OF APPOINTMENT

证书编号：202102

兹聘任 **贺登才** 同志为北京交通大学交通运输学院校外研究生导师，任期为2021年9月至2024年9月。

北京交通大学交通运输学院

二〇二一年九月

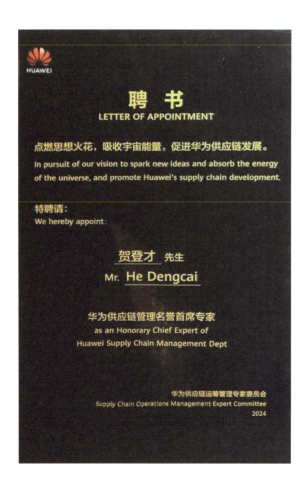

聘 书
LETTER OF APPOINTMENT

点燃思想火花，吸收宇宙能量，促进华为供应链发展。

In pursuit of our vision to spark new ideas and absorb the energy of the universe, and promote Huawei's supply chain development.

特聘请：
We hereby appoint:

贺登才 先生
Mr. He Dengcai

华为供应链管理名誉首席专家
as an Honorary Chief Expert of
Huawei Supply Chain Management Dept

华为供应链运筹管理专家委员会
Supply Chain Operations Management Expert Committee
2024

1970 年，大队财务组合影。左起：乔胜英、李培连、贺登才、刘秀英、张林茂

1984 年 11 月 13 日，忻州地区木材公司首届职工代表大会合影。三排左二为作者

1985 年，忻州地区木材公司办公室工作照

1987 年，忻州地区木材公司储木场

1993 年，山西省物资厅留影

1998 年，国家国内贸易局留影

《现代物流报》编委会第一次全体会议

2005.5.19

2005年5月，参加《现代物流报》编委会第一次全体会议。左起前排：慈洪君、武侃、何黎明、丁俊发、李国庆、崔忠付。后排：宗树明、毛洪、魏际刚、余平、贺登才、马成骥

2025 年 5 月 4 日，定襄电大八五届文科班毕业 40 周年纪念活动留影。左四为作者

耕耘三部曲

贺登才

—— 著

中国财富出版社有限公司

图书在版编目（CIP）数据

耕耘三部曲. 文／贺登才著. --北京：中国财富出版社有限公司，2025.5（2025.7重印）.
ISBN 978 - 7 - 5047 - 8420 - 9

Ⅰ. I217. 2

中国国家版本馆 CIP 数据核字第 20255KQ729 号

策划编辑	朱亚宁	责任编辑	王　君	版权编辑	武　玥
责任印制	尚立业	责任校对	庞冰心	责任发行	杨恩磊

出版发行　中国财富出版社有限公司

社　　址　北京市丰台区南四环西路 188 号 5 区 20 楼　　　　邮政编码　100070

电　　话　010 - 52227588 转 2098（发行部）　　　　010 - 52227588 转 321（总编室）

　　　　　010 - 52227566（24 小时读者服务）　　　　010 - 52227588 转 305（质检部）

网　　址　http：//www. cfpress. com. cn　　　　排　　版　宝蕾元

经　　销　新华书店　　　　印　　刷　宝蕾元仁浩（天津）印刷有限公司

书　　号　ISBN 978 - 7 - 5047 - 8420 - 9/I · 0385

开　　本　787mm×1092mm　1/16　　　　版　　次　2025 年 5 月第 1 版

印　　张　33.5　彩插　1.5　　　　印　　次　2025 年 7 月第 3 次印刷

字　　数　517 千字　　　　定　　价　168.00 元（全 3 册）

前　言

在我 58 年的职业生涯中，从工作地域来说，主要分为山西省内（县、地、省）和北京市两个大的阶段。在北京工作了 26 年，我用《物流三部曲》做了小结，仍感意犹未尽。于是，着手对前 32 年间的文稿和经历进行搜集整理，选取那些尚能追忆、可寻觅且具价值的精华部分，编入《耕耘三部曲》，作为对自己职业生涯的全面回顾与总结。

《耕耘三部曲》分为《忆》《文》《诗》。其中，《忆》采取自传体笔法，记录了我对早年经历的回忆。因年代久远且资料缺失，所选人与事难免存在遗漏和错讹，但基本上反映了我的工作轨迹和成长历程。《文》主要收集了我在生产队及县、地、省工作期间发表在各类媒体上的文章。我自幼喜爱创作打油诗，但多数没有留存下来，《诗》中收录的是 2016 年以来能够寻觅到的精华部分。这些诗在字数、押韵方面尚可，但在绝句、律诗等传统诗歌基本格式的遵循上存在明显不足，仅能被视作"顺口溜"罢了。

两个"三部曲"得以顺利出版，首先要感谢这个伟大的时代，为所有人提供了施展才华的舞台和交流心得的机会；感谢在我工作过的各个地方、不同阶段，以不同方式给予我关心、帮助与激励的人们，我每一次的成长与进步，都离不开众人的帮扶；还要感谢为本书收集资料的同事，以及中国财富出版社的领导和编辑团队。他们一次次与我沟通交流，不厌其烦地核实细节、润色文字，才使稿子得以成书面世。

把接近一个甲子的职业生涯全面准确地展示出来，绝非易事。由于年代久远，许多资料已然遗失，加之个人能力及精力的限制，书中难免存在错漏与疏忽之处。在此，恳请读到本书的读者朋友批评指正。

2025 年 4 月

序

　　作为《耕耘三部曲》的第二部,《文》所收录的文章分为"定襄忆旧""忻州拾遗""太原集萃""省外域外"四个篇章。在"定襄忆旧"这一篇章中,我回忆了激情燃烧的岁月。《"三秋"大会战　六个怎么办》《铁锹挥舞传捷报　车轮飞转奏凯歌》《夜战"七三方"》《"羊财"》《高粱的回忆》从一个侧面歌颂了党的改革开放政策。《定襄县木材公司是如何开展木材按需加工的》《木材公司加工业发展战略初探》《定襄"法兰经济"剖析》是我对家乡经济发展的思考。

　　"忻州拾遗"篇章是对我当年在忻州发表过的一些稿件的精选整理。《忻州地区木材公司为群众购买木材提供方便》《"小船"搏浪》是对企业经营情况的报道。《对原平县煤炭生产实行坑木承包供应的初步评价和探讨》是通过调查研究撰写的经验材料。《关于生产资料市场问题的若干思考》《进一步改革木材流通体制的问题与思路》《浅论物资企业经营策略中的几个关系问题》是我为参加省和华北地区乃至全国物资经济理论讨论会撰写的论文,反映了我对行业发展的理论思考。

　　"太原集萃"收集了我在省物资厅《山西物资报》工作期间的部分成果。其中包括,《突出改革宣传,发展流通产业》和《〈山西物资画册〉致辞》。此外,还包括《全国首座物资城在太原开门迎客》《"滚"出来的轮胎市场》《喜看大同"龙虎斗"》《大山深处的"中国物资"》《钢模公司"铁大嫂"》等，这些文章记录了当时物资行业的诸多亮点。值得一提的是，《小小轴承"大气候"》一文获得中国产业报好新闻二等奖，《参与大流通》一文上过《山西日报》头版头条及《中国物资报》头版头条。这些成绩不仅是对我个人工作的肯定，更是对整个物资行业发展的有力见证。

"省外域外"篇章包括"中蒙中苏中朝边境贸易考察访问系列报道"，在省里工作时参加《中国物资报》组织的记者会时所撰写的《草原随想》，还有回顾时代变迁和个人经历的《天壤之别20年》《改革开放好时代 现代物流大平台》，以及访美、访日见闻系列。我曾参与中共中央办公厅、国务院办公厅"两办"文件的研究起草工作，应邀撰写的解读文章《有效降低全社会物流成本的施工图》也收入其中。

我把70年人生最深刻的感悟放在最后，写成《从"黄土地"到"皇城根儿"》一文。文章结尾处赋诗一首：走过人生七十春，世道沧桑观风景。深情回望来时路，无怨无悔夕照明。

目　录

定襄忆旧

忻州拾遗

1

太原集萃

省外域外

定襄忆旧

"三秋"大会战 六个怎么办

（一九七三年九月二十六日）

"三秋"大会战时间紧、任务重、困难多。我们组织全体社员认真学习党的十大精神，人人出谋划策，有针对性地采取了以下措施，克服了遇到的困难。

第一，没有大茬地怎么办？我们首先抓紧秋收腾地，不违农时抢种回茬麦。针对我们城内大队地少人多、没有大茬地的特点，我们首先组织突击抢收，腾地种麦。目前，已经腾出能够播种冬小麦的土地890多亩（1亩约为666.67平方米），从而为秋种工作创造了有利条件。

第二，阴雨天气怎么办？雨天顶好天，抢收抢种。例如，9月24日这一天，秋雨绵绵下个不停。连绵的阴雨并没有妨碍我们的秋收秋种，反而激发了广大干部社员的劳动热情。五队副队长付多贤年过花甲，老当益壮，为了战胜阴雨、加快进度，一人顶两人用，两只手同时撒种，一次种下两垅麦。八队社员在副队长郅昌宏的带领下，4名男社员、10名女社员，雨越大干劲越大，浑身都湿透了，从早到晚一天收回20多亩高粱。

第三，时间赶不上怎么办？黑夜顶白天，吃饭在地头。为了赶进度、抢时间，干部社员昼夜奋战。白天收穗子，黑夜收秆子；白天下地，晚上上场院；每天劳动18个小时。九队队长张树怀9月25日抢收高粱后没有合眼，连续作战，又参加了第二天的秋种工作。

第四，劳力不足怎么办？充分调动一切可以调动的力量，女人顶男人，后生一人顶两人。三队青年团员樊素先，生完孩子还不满一月，就下地干活儿。在她的带动下，70多名从未参加过劳动的妇女也走出家门，参与秋收秋种。学校师生、探亲回来的教师职工也都参了战，出勤的劳力显著增加。时代不同了，男女平等，男同志能办到的事，女同志也能办到。在"三秋"大会战中，广大妇女勇挑重担。十二队的"铁姑娘突击队"青年妇女驾起平车，像男社员一样运粪拉庄稼，路不空行，干劲十足。广大青年后生更加奋勇争先，一人顶两人。二队青年组织了七辆平车，多拉快跑，一天行程80余里，往返运输112车。

第五，任务重进度赶不上怎么办？发动群众想办法，调整优化工作流程，苦干加巧干。我们先后采取了以下措施：收穗子、留秆子，秸秆不进场、就地压肥；减少工序，收穗子后一镢头解决，把秸秆搬到地边、地角或套种带内；先把冬麦带清理干净，留下秋粮带的茬子再做处理。这样就形成了前面收穗子，后面刨秆子，接着开动切脱机切秸秆、搂叶子、盘粪、耕地、下种、划小畦堰等"一条龙"作业法，从而大大加快了进度，目前已下种冬小麦585亩。

第六，"三秋"大忙宣传工作怎么搞？支部主要领导亲自抓，整顿通讯报道机构，充实宣传骨干力量。开动宣传机器，在高音喇叭上开办了"学习十大文件，带动'三秋'会战"专题广播。每天广播十大文件，发布当日生产进度，表扬好人好事，批评不正之风。同时，在黑板报上开辟了"学习栏""批判栏""光荣榜"和"生产进度统计表"。这样就形成了好人好事有人夸、歪风邪气有人抓的良好氛围，全大队出现了比学赶帮超、团结奋进的新局面，有力地促进了"三秋"大会战的顺利进行。

以上就是我们的一些做法和体会，与党的要求相比，我们还有很大的差距，与兄弟社队比起来也有差距，还赶不上飞速发展的形势。我们决心，在党的十大精神的指引下，在县委和公社党委的正确领导下，鼓足干劲，再接再厉，确保在国庆节前保质保量完成 720 亩冬小麦的播种任务，以优异成绩迎接国庆，迎接四届人大的胜利召开。

（本人当时任大队统计员，负责宣传报道工作。本文为本人代城内大队党支部起草的发言材料，受到了县领导的表扬）

铁锹挥舞传捷报　车轮飞转奏凯歌

——"七三方"一场激烈的友谊赛纪实

（一九七三年十月二十七日）

10 月 27 日上午，在城内大队"七三方"农田基本建设工地上，指挥部发出了"决战一小时，创造新纪录"的战斗号令。消息一传开，整个工地立刻沸腾起来。各班排的战士们人人摩拳擦掌，个个寻找对手，迅速进入紧张的赛前准备。十点整，随着指挥部的一声令下，一辆辆小车如同离弦之箭、脱缰之马，一齐冲出阵地向前飞奔。战士们决心为革命多拉快跑，立志创造优异成绩。

女人赛男人

十二班的韩桂芳和她的两个助手杜引枝、张秀梅都是青年妇女。为了践行"建设园田半边天、妇女能顶男人干"的豪迈誓言，她们决心与同班小伙魏来锁的小组展开短距离拉土垫地竞赛。顿时，十二班工地上铁锹挥舞、车轮飞转，男女两个小组你追我赶，争先恐后。经过一个小时的激烈角逐，巾帼不让须眉。最终，两个小组分别拉土 77 车，平均每车只用 47 秒。

真是时代不同了，男女都一样。

老汉赛后生

九班 50 岁的杜还根和四班 48 岁的王享福，人老心红骨头硬，决心赛过年轻人。在这场比赛中，他们发扬一不怕苦、二不怕死的精神，一直跑步前进。比赛结果，杜还根在两个助手的配合下，在 50 米的距离内 1 小时拉 58 平车土。王享福在同一时间、同一距离拉土 63 平车，多拉 5 车，从而领先。比赛结束后，王享福腹疼难忍、口吐鲜血。战士们劝他休息，他却豪迈地说："吐血不要紧，肚疼顶一顶，为了赛后生，革命加拼命。"

娃娃赛大人

一班的 9 个小战士，平均年龄只有 17 岁。他们说："年龄十七不算小，千斤重担也敢挑！"决心和大人们比赛。个个生龙活虎，人人干劲倍增，越战越勇，创造了 50 米距离 50 秒拉一车土的好成绩。

后生更有劲

参加比赛的男民兵更是不甘落后。二班的王根治曾是治河工地的模范，又是大战李家壕的英雄。在这场比赛中，他驾车飞奔不松套，努力创造新纪录。比赛结果，他创造了 50 米距离拉一车土用时 46 秒的最高纪录。

友谊胜过比赛

在七班、十二班的比赛现场，车来人往，干得热火朝天。突然，七班的一辆小车由于速度太快，滚到了沟底。十二班的全体战士见状，立即迎上前去，帮助七班把小车拉了上来。这时候，工地上响起了阵阵掌声，现场的人们一致称赞十二班的好思想、好作风。十二班班长说："我们比赛是为了增进友谊、促进工程进度。各班战士团结起来才能争取更大的胜利"。

（1973 年秋冬季节，城内大队组织社员开展了平田整地的农田基本建设。战场设在原来叫"刘家坟"的地块，整治后改名为"七三方"。当时，我作为大队通讯组的一员，负责战地采访报道，写下了大量的现场报道。此文及后文《夜战"七三方"——记六班战士连续作战的英雄事迹》为代表作）

夜战"七三方"

——记六班战士连续作战的英雄事迹

（一九七三年十月二十八日）

平田工地掀高潮，一浪更比一浪高。10 月 28 日夜晚，满天的繁星眨着眼睛，深秋的寒风不停地吹着。在龙腾虎跃的"七三方"工地上，一天紧张的激战结束了。可是，六班的工地上仍然铁锹挥舞，人声鼎沸，一派热火朝天的景象。他们忘记了一天的疲劳和饥饿，又开始了夜班大干。

这几天紧张的战斗深深地吸引着战士们，27 日的友谊赛更催人奋进。他们想，眼下立冬将至，大地封冻就要到来，如果不加快进度，封冻前完成 80% 的计划就要落空。他们心里装着一团火，决定和时间赛跑，组织夜战抢时间、争进度，加班大干。

顿时，整个工地沸腾了。战士们个个斗志昂扬，干劲倍增，车来人往，川流不息。六班班长高章全，人称"大高章"，为了踏平"刘家坟"，建设"七三方"，浑身有使不完的劲儿。在今天的突击战中，他更是一马当先，带领战士们连夜奋战。青年樊运新不顾寒风阵阵，在强手面前毫不示弱，主动和"大高章"比赛。青年妇女智美琴虽然身体有病，也毅然加入夜战行列。战士们再三劝她休息，她却说："这点小毛病算不了什么，拉几车土，出出汗就好了。"青年民兵高银娥、张爱生、牛根卯等在夜战突击中大显身手，你追我赶，谁也不肯落后。

随着车轮飞转、时间流逝，他们越战越勇，谁也不想休息。六班的战士们心中只有一个信念：争时间、抢速度，一定赶在封冻前完成"七三方"预定任务。

"羊财"

（一九八二年五月五日）

阳春三月，我回了一趟故乡——定襄县城。刚一踏上小站的月台，一种说不出的气氛便使我觉得故乡变了。啊，一排排新建筑鳞次栉比，宽阔的大街上，人们熙来攘往，选购着称心如意的商品。曾冷冷清清的小县城，如今显现出一派繁华。但是，真正撩拨我心的是那熟悉而又陌生的声音。

那是回到家的第二天早上，一阵"咩咩咩"的叫声把我从睡梦中惊醒。这不是羊的叫声吗？这种声音我已有多年没有听到了。我怀着好奇的心情循声望去，只见村子中央的小广场上，聚集了一大群羊，犹如天上落下的朵朵白云，正在"咩咩咩"地叫个不停。

"咩咩咩"，这声音是那么熟悉，听起来又是那么亲切。它勾起了我儿时的回忆。我小的时候，家乡家家户户都养羊。每到放学，小伙伴们总是三五成群，结伴去放羊、打草。只要听见有人呼唤我的名字，我家的两只羊就"咩咩咩"地叫，显出一副急不可耐的神态，盼着我带它们到草甸子里去饱餐一顿。放牧归来，它们就顺从地站在那里，安详地闭上眼睛。任由我任性地挤奶。它们好像在说："挤吧，挤吧，挤了我们才痛快。"妈妈把雪白的乳汁掺和在猪食里，活蹦乱跳的小猪娃就像充了气，不到8个月就能出槽了。

临到年关，家家户户宰猪杀羊。留下自家吃的肉，其他的就拿到市场上卖。有了钱，就能称盐、买布了，孩子们喜爱的年画儿、二踢脚也能买回家了。还有皮袄、皮裤、皮褥子，一应俱全。就连那一粒粒黑色的羊粪蛋子，也能换回一粒粒金黄的麦粒。

羊，真是农家的宝啊！

"咩咩咩"，这声音又是那样陌生，好像头一回听到似的。上次回家听不到羊的叫声，竟感到心烦意乱。我站在空荡荡的羊栏前，问父亲："咱的羊呢？"父亲那饱经风霜的脸上滚下两行热泪，说道："一出勤，两送饭。还不让捎草回家，这羊还能喂吗？"听着父亲的诉说，我的心里一阵刺痛。

"咩咩咩"，眼前的情景，给了我极大的慰藉，我大步来到小广场上。当时，广场上已经聚集了上百只羊。它们好像是可爱的白天鹅在聚会，又像是一匹匹白色的战马准备出征。广场的中央，放着两个用铁皮制作的大白铁桶。把每只羊挤出来的奶收集起来，然后送到县小的奶粉厂去。在那里，这洁白的乳汁将变成雪花般的结晶，去哺育祖国的万千花朵。自打实行了农业生产责任制，人们在一起干活儿的机会就少了，这收奶站也就成了人们见面聊天的场所。啊，那不是"拖欠户"万大爷吗？我赶忙和他打招呼："万大爷，您养了几只羊？"万大爷没有回答我，只是眼睛眯成一条缝，一个劲儿地笑。旁边一个小青年搭了话："这二年，咱万大爷可发了羊财啦。母羊挤了奶，羊奶喂了猪，公羊养了貂。光猪、羊、貂这三项，去年就拿了3000多块钱呢。"3000？这可是一个不小的数字啊！我至今还记得有"两五顶不上一千，一谦顶不上一万"的说法。那些年，一个劳动力一天才挣几分钱，辛勤劳动一整年，家家成了拖欠户。其中，赵五蛮、刘五苟各欠500元，仁谦家欠了1000元挂零，而万大爷呢，孩儿们小，劳力少，没有来钱的门路，在他的账上，新旧"饥荒"加起来，用红笔写着7200元。万大爷止住笑，憨厚地说："村还是那个村，人还是那些人，咱们由穷变富，全凭党的好政策啊。"

大队党支部书记告诉我："党的三中全会后，取消了不准社员养羊的禁令，大队变着法儿支持社员养羊，专门划出饲养地，配备了兽医，调来了优种羊，还成立了收奶站。六畜兴旺，肥料充足，眼下每亩地光农家肥就上了五大车。只要风调雨顺，亩产千五就攥在咱手心里了。"说到这儿，支书在他家羊的脊梁上摩挲了两下，接着说："今后咱们不光要养羊、养猪、养貂，还要让社员养大牲畜，再发一些鸡、兔、鹅、鸭，让家家变成一个有机肥料加工厂，家家开个小银行。"

听了支书的这番话，我激动不已。看着眼前如云的羊群，望着远处一栋栋新房，电视机天线架犹如翠竹般矗立其间，我的心里有说不出的兴奋和喜悦。啊，党的政策春风化雨，滋润着我的故乡。

"咩咩咩"，多么像一曲动人的歌。

（此文为读电大时交的一篇习作）

高粱的回忆

（一九八三年九月十四日）

在家乡的原野上，到处是密匝匝的高粱。从小吃高粱面长大的我，也就很自然地留下了一些红艳艳、沉甸甸的记忆……

春天，播下红玛瑙似的种子，随后就发芽生根、分蘖拔节、吐穗扬花……高粱没有辜负大地母亲的厚望，以它的英姿装点着大地，造福于人民。入秋，你登高远眺，但见满坡遍野，红彤彤的，仿佛九天仙女为人间奉献的一块红色地毯。微风吹过，送来缕缕清香，你会觉得像醇正的"高粱白"一样诱人，令人发醉。

家乡的人们与高粱结下了不解之缘。盖房子，打顶棚，编炕席，造纸浆……人们给高粱秆派上了数不清的用场。就连高粱的皮壳，也能酿成清香的酒、美味的醋。高粱面能做出许多花样的食品，是人们喜欢的家常便饭。

然而，这极平常的高粱竟也曾使"高粱之乡"的人民为之熬煎。记得我在大队搞统计工作的那一年，遵照"上面"的精神，在产量报表的后边加上了一个高粱粒大小的圆圈。就是这个圆圈，帮助我们村赢得了一面大红锦旗。也正是这个圆圈，夺去了乡亲们赖以维持生活的"咽喉之食"。此后，我们家餐桌上的饭食发生了戏剧性的变化：起初的白色变成了粉红，粉红又被深红取代，后来，猪肝似的黑红中又有了野菜的墨绿。

端起这苦涩难咽的饭食，父亲谈起一个人来："'土改'那年，一位姓梁的同志在咱村下乡，就住在咱那西厢房里。老梁和俺一搭儿扶犁掌耧，帮咱们把高粱籽儿头一遭种在自家的田里。晌午，他盘腿坐在土炕上，一边吃着热腾腾的高粱面鱼鱼儿，一边亲热地跟俺拉家常。他说：'共产党领导穷人闹翻身，就是为了让普天下的百姓都能过上好日子……'""爹"，我打断父亲的话，急切地问："梁叔叔现在在哪儿？""有人说他南下了……"我心里暗自思忖：要是梁叔叔能回来就好了。

高粱收了又种，种了又收。北归的大雁啊，你快告诉我，梁叔叔在哪里？

山重水复疑无路，柳暗花明又一村。党的三中全会如春风化雨，滋润着大地，久旱的禾苗按不住地往上长。金秋十月，高粱登场。望着一座座小山似的粮堆，连古稀老翁也看傻了眼。该交的，超交了；应留的，留足了。家家户户缸满了，囤溢了。乡亲们用高粱换回了白面、大米、粉条、烧酒……从不喝酒的父亲，破例端起了斟满"高粱白"的酒杯，面向南方，无限深情地说："梁同志啊，如今，你虽然不在俺身边，但是，俺要告诉你，党的爱民政策来了！"

长吧，"高粱之乡"的高粱，你植根于人民的沃土之中，你沐浴着党的雨露阳光。

（原载于《作文周刊》）

定襄县木材公司是如何开展木材按需加工的

（一九八四年三月）

过去，山西省定襄县木材公司（以下简称木材公司）是单纯的木材购销单位，原木进，原木出，由社会分散加工。因此，木材利用率低，损失浪费得多。三中全会以后，木材公司坚持按照客观经济规律办事，努力提高企业的经济效益，大力开展了按需加工。现在，木材公司已建立起制材、包装、成品三个加工车间，油漆、机修两个辅助生产小组，拥有各类木材加工机械20多台（件）。全公司60%的人员从事加工生产。1982年，加工原木1700立方米，完成工业总产值23.7万元。随着加工能力的不断提高，公司正朝着管供、管用、管加工、管节约的综合型木材企业的方向发展。

木材公司的主要做法如下：

（1）市场用材，供应成品。木材公司采取了指标订货、预约加工，并开展了接受图纸、来料加工等业务，向市场提供各种款式新颖、价廉物美的立柜、平柜、书柜等家具，较好地满足了人民群众日益增长的物质生活需要。

（2）农业用材，保证重点。针对库存硬杂木少，而中、小农具用量大的矛盾，木材公司通过加工，把有限的优质材化整为零，从而做到了一材多用，使"好钢"用到了"刀刃"上，有力地支援了农业生产。

（3）基建用材，合理使用。通过深入进行调查研究，木材公司合理供应基建用材。该公司根据基建单位的意见和要求，对门窗料进行加工后，供应成材、成品，工具材实行以租代供，从而使用户满意、企业增收。

（4）包装用材，统一加工。对包装材实行了集中统一的管理，根据用户提出的规格、质量要求，由公司组织成品供应。

（5）科学用材，把好"四关"。在加工过程中，公司认真把好四道关：一把选料关，分别优劣，量材使用；二把下锯关，对"症"下锯，合理制材；三把配料关，杜绝大材小用、好材劣用；四把烧柴关，力求做到材尽其用、柴中无材。

（6）广开材路，保证供应。公司不但注重"节流"，而且注重"开源"。木材公司把增加资源当作首要任务来抓：一是确保国家分配资源的调进；二是发挥市场调节作用，组织计划外资源；三是扩大回收，挖掘社会闲散资源，如收购煤矿废弃的坑木截头等，从而保证了加工业务的顺利开展。

木材公司坚持按需加工的生产模式，取得了显著的成效，具体情况如下：

一是提高了企业的经济效益。1982 年，公司加工工业总收入达 19.1 万元，占物资销售总额的 20.1%；加工工业盈利 1.5 万元，占全部利润的 23.7%；企业总利润为 6.3 万元，比 1978 年增加了 6 倍（其中包括木材变价等不可比因素）。

二是为社会经济效益作出了贡献。近年来，木材公司在木材供应工作中，除直接使用的原木外，做到了原木不上市。1982 年，公司供应的木材中，成材、半成品、成品的供应量占比合计达到 28.4%。由于供应品种大幅增加，产品更加贴合用户的需求。同时，通过加工供应，公司全年节约木材 161 立方米。

一、开展按需加工是缓和木材供需矛盾的一条有效途径

由县级木材公司统筹安排，全面组织按需加工，就能在全县范围内形成专业化的生产能力，便于采用新工艺、新技术，使木材资源得到充分合理的

利用。以定襄县木材公司为例，据初步测算，每加工 1 立方米木材，相比投放到社会上进行分散加工，利用率可提高 5%，如果进一步把边角料也综合利用起来，利用率可提高 20%。也就是说，100 立方米的木材可实现 105 到 120 立方米的使用价值。这是一个非常可观的数字。如果全国所有的县级木材公司都推行按需加工，一年可节约木材上百万立方米，将大大缓解木材供应紧张的矛盾。

县级木材公司在物资的分配与供应上，不仅数量不足，而且优质材缺口较大，形成了短板中的短板。如果直供原木，就会造成部分优质材的滥用和浪费。而由木材公司向用户提供成材、成品或半成品，就可以避免上述弊病。如定襄县实行农业生产责任制后，大、小车辕材用量激增，而这种产品对木材材质要求较高。木材公司算了一笔账：如果供应原木，一根只能满足一个用户的需求；如果将原木制成适合做辕条的方木，一根原木就可以满足十个用户的需要。如此一举多得的好事，我们何乐而不为呢？

二、开展按需加工是改革木材供应工作的一个突破口

木材公司开展按需加工，向用户提供成材、半成品和成品，一改多年来只管购销、不管使用的"官商"作风，直接满足用户需要，缓和了供需矛盾，打开了木材供应工作的新局面。

木材公司开展按需加工，实行产销挂钩，减少了中转环节，避免了木材的迂回倒运，有利于社会经济效益的提高。

木材公司开展按需加工，使产品实现了价值增值。打个比方，如果向用户供应原木是"出口原料"，那么提供成材、半成品和成品就是"出口加工工业产品"，这有助于物资企业经济效益的提高。

木材公司开展按需加工，打破了"皇帝的女儿不愁嫁"的旧思想，使企业置身于市场竞争中，时刻感受竞争的压力，激发了企业"以质量求生存，

以品种求发展"的拼搏精神，有利于企业经营管理的改进和技术的进步。

三、开展按需加工是县级木材公司的一条生财之道

木材公司所经营的木材是国家统配物资，国家实行有计划的采伐、调拨和供应，因此，木材公司的经营量受国家计划的严格控制和制约。在这样的客观条件下，木材公司如何提高经济效益？定襄县的经验证明：除了加强企业管理、降低物资流转费用之外，开展按需加工是县级木材公司的一条生财之道。以国家现行的物价计算，木材公司经营原木可获得2%的利润，而经营成品则能获得10%的利润，比经营原木净增利润8%。每立方米木材以150元的售价计算，即可增加利润12元。从全国范围来看，仅此一项每年可增加利润上千万元。由此可见，开展按需加工，确实是一件利国、利民、利企业的大好事。

（原载于中国物资经济学会主办的《物资经济研究》）

木材公司加工业发展战略初探

（一九八五年八月二日）

随着经济体制的改革，木材经营业务中的指令性计划逐步缩小，木材公司单纯依靠国家计划分配过日子的历史已经结束。与此同时，社会上经营、加工木材的单位及个人异军突起，打破了木材公司独家经营的局面。在这种形势下，木材公司如何迎接新的挑战，求得生存与发展？除了积极参与市场调节、扩大购销业务外，大力发展加工生产、实现加工增值已成为一项刻不容缓的战略任务。本文拟就山西省木材公司系统加工业的现状与潜力、战略目标与步骤以及应当采取的对策等问题做些粗浅的探讨。

一、现状与潜力

我省木材公司系统，现有 44 个木材加工厂（车间），从事加工生产的职工 1185 人。1984 年完成工业总产值 1380 万元；实现工业利润 166 万元，占本系统全部工商业利润的 16.7%。近年来，我省木材公司系统的加工业发展较快，取得了一定成效。但是，我们也必须看到：这些加工厂（车间）普遍存在管理不善、效益低下的问题，木材公司加工业所蕴含的巨大潜力还远没有发挥出来。

首先，从管理体制上看。长期以来，加工厂与公司之间的经济责任、经济利益不够明确。尽管大部分公司陆续对加工厂实行了程度不同的经济核算，但吃"大锅饭"的问题并未彻底解决。加工业实现的利润与它所拥有的资源等方面的优势极不相称，与系统外同行业的差距也很大。近年来，木材公司购销业务增长较快、效益较好的升平景象，掩盖了加工业的低效益问题。在生产经营中，加工厂缺乏必要的自主权，一些应由加工厂决策的事情，也要等待公司拍板。这种"依附型""执行型"的管理体制，严重束缚了木材公司加工业效益的提高和经营的发展。

其次，从产品结构上看。1984 年，全系统内部加工原木 71200 立方米。其中，用于成品加工的（包括门窗制品、木器家具和包装木箱）仅有 3400 立方米，只占加工总量的 4.8%。众所周知，加工深度不同，其增值量是有很大差别的。

据初步测算，同样 1 立方米原木，加工成锯材产品可以增值 8 元；而加工成木器家具，就可以增值 40 元左右。假定把当年 40% 的原料用于成品加工，那么，利润额就会增加 60%；如果用 80% 的原料生产成品，利润额就会增长 1.2 倍。

再次，从加工的广度来看，我省木材公司系统每年组织的 120 万立方米的资源中，大约有 40 万立方米可以用作加工原料。而目前的加工总量还不及可加工资源的 18%。早在 1979 年，上级业务部门就曾提出过"原木不上市"的要求。6 年过去了，如果我们能够做到一半原木不上市的话，那么，就会增加两倍左右的收入。

最后，从利用程度上看，1984 年，我系统木材综合利用率为 69.9%，而杭州市已经达到 95%（全国先进水平）。根据我们的实际情况退一步讲，假设我们的利用率提高至 80%，那么，全年加工 20 万立方米原木，就能比现在多出 2 万立方米木材。按照 1980 年不变价计算，每立方米 152 元，就等于可额外创造 300 多万元的价值。由此可见，木材公司加工业不仅蕴藏着巨大的潜力，而且，同系统外同行业相比，也有着明显的优势。第一，它可以使用价格较低、质量较好的原材料；第二，它使用的原料无须长途搬运，中转环节少，费用相对低；第三，经过多年的努力，我省木材系统已经有了一定的人才、技术和设备基础。

只要我们认清自己的优势和潜力，制定正确的发展战略，并采取相应的对策，木材公司加工业的发展前景将不可限量。

二、战略目标与步骤

分析我省木材公司系统的现状和发展方向，我们可以描绘出到20世纪末可能出现的三种可能性：

第一，如果对木材公司得天独厚的内部优势和竞争日趋激烈的外部环境认识不清，不去挖掘加工业的巨大潜力，甚至把加工业当成包袱，继续坚持木材购销业务的"单打一"模式，那么，一旦国家计划分配这一"金饭碗"被彻底端走，公司就会失去市场竞争能力，陷于十分被动的境地。

第二，虽然抓了加工生产，但不注重经济效益，不采取重大突破性措施，那么生产虽可能有一定的发展，但是，企业自身缺乏自我改造、自我发展的能力，职工的收入也不会得到相应的提高。长此以往，企业仍面临实力不雄厚、竞争能力低的局面。

第三，在积极经营木材购销业务的同时，充分认识并发挥自身的优势，扩大加工增值，使木材购销业务与加工生产协调发展，木材加工量、成品供应量、木材利用率等达到全国先进水平。那么，全行业的经济实力就会得到增强，各级木材公司就能够成为本地区木材经营、加工、新产品开发、综合利用和科学研究的中心，并为提高社会经济效益做出应有的贡献。

显然，我们应当避免第一、第二种可能性，力争实现第三种前景。换句话说，上述第三种前景应当成为我省木材公司系统加工业到20世纪末的战略目标。

为了使战略思想、战略目标深入人心、上下共知，充分调动本系统内干部职工的积极性，有必要提出简单、明确的战略口号。我省木材公司加工业发展的战略口号可归纳为：发挥优势、工商并重、联合协作、改革开拓，在本世纪末把各级木材公司办成本地区木材经营、加工、综合利用、新产品开发和科学研究的中心。

为了实现上述目标，我省木材公司加工业的发展，在 20 世纪最后的 15 年里，可以分以下两步走：

第一步，从现在起到 1990 年。以现有企业的技术改造为主，并在部分有条件的公司发展新的生产项目。同时，以地（市）公司为主体，建立专用设备维修点，推动技术进步。抓好全行业管理体制的改革和经济技术联合。到 1990 年，产品销售收入和工业利润要分别达到全部产品销售收入和全部利润的 50% 以上，为后 10 年的进一步发展奠定基础。

第二步，从 1990 年到 20 世纪末。形成以地（市）木材公司为中心，以县木材公司和一批二轻企业、乡镇企业为辐射点的木材加工、利用、研究网络。到 20 世纪末，要将 80% 以上的加工用原木，用于加工成材、成品和半成品，其中，加工成品的原料要达到 80% 以上，木材综合利用率要达到 90% 以上，工业利润要在 1984 年的基础上翻三番以上。同时，要创出一批名牌、优质产品，其中，部分产品要打入国际市场。

三、应采取的对策

为了实现上述战略目标，必须采取相应的战略对策，具体如下：

（一）把改革管理体制作为振兴加工业的突破口

目前，管理体制上的弊端已成为木材公司加工业发展的严重障碍。实践证明，加工业发展的关键在于改革。例如，雁北地区木材公司，1984 年实现工业利润 22 万元，占全公司利润总额的 46％。其根本经验在于抓管理体制的改革，实行单独核算、层层承包的管理办法。管理体制的改革可以有不同的模式，走不同的道路，但必须明确改革的方向：把加工厂办成独立经营、自负盈亏的经济实体，使其置身于激烈的竞争环境中，从而感到压力，进一步激发内在的动力。

（1）加工厂在生产经营上与公司脱钩。经营决策权和生产指挥权应由公司下放给加工厂，让加工厂直接面对市场，独立自主地参与竞争。公司应把主要精力放在抓大事、抓长远、协调服务和总揽全局上。

（2）经济上加工厂必须实行单独核算。公司与加工厂的一切经济往来，都要本着互惠互利的原则，实行有偿结算，彻底打破加工厂吃公司"大锅饭"的局面。

（3）明确双方各应承担的经济责任和享有的经济权益。加工厂可以实行承包经营，有关经济事项应以合同的形式固定下来。要合理划分留利比例，允许加工厂用利润留成资金和节约资金进行自我改造、自我发展。允许从事加工生产和购销业务的职工根据经营业绩和贡献大小，在个人收入上拉开差距。

（4）加工厂内部实行集中决策与分层（厂部、车间）经营，采取统一指挥、层层承包的办法，使工厂、车间、班组和个人每一个层次上的每一个"细胞"都充满活力。

（二）把联合协作作为加工业腾飞的翅膀

根据行业特点和已有的经验，当前特别要抓好以下几个方面的联合：

（1）吸收技术人才。这是解决技术力量问题的一条捷径。定襄县木材公司加工厂是开办较早、效益较高的单位之一。其重要经验之一就是广招人才。现有 38 名职工中，有 31 名是从农村招的亦工亦农人员。这些工人技术水平较高，且没有"铁饭碗"可端。他们进厂以后积极肯干，有的还担任一定的领导职务，对原有的固定职工也起到了促进作用。随着各项扩权规定的落实，我们可以打破固定工、合同工、临时工以及城镇户、农村户的界限，搞活用人之道，大力延揽和集聚人才。

（2）推动产品下乡。近年来，以木作加工为主的农村乡镇企业发展较快。这些企业汇聚了农村的能工巧匠，有一定的人才和技术优势，但也普遍存在信息不通、原料不足、产品销路不畅等问题。为此，木材公司可与乡镇企业联营，由木材公司负责原材料或半成品的供应，并提供经营信息及产前、产后服务；乡镇企业出资金、劳力和工作场地，共同开展木材加工生产。这样，一方面可以促进农村专业化、社会化商品经济的发展；另一方面，木材公司无须盖厂房、增设备或招工人，即可实现产值、利润的成倍增长。这样的大好事，我们何乐而不为呢？

（3）加强行业联合。在我省木材系统中，地（市）公司一般实力雄厚，而县级公司往往规模不大、势单力薄。因此，加强系统内加工业的经济联合和技术协作就尤为必要。近年来，忻州地区木材公司利用自身的技术优势，为本系统的其他公司维修机器设备、代培技术人才，充分显示了联合的优越性。此外，省、地、县公司之间，县与县公司之间，加工联合的领域是十分广阔的。例如，在资源调剂、任务分担、剩余物利用、信息沟通等方面，都存在联合的必要性、可能性和现实性。此外，我们还可以在自愿互利的基础上，与城市二轻、建筑企业开展经济联合。这种联合可以是一种较为松散的联合与协作，使双方在人才、物资、技术、信息等方面取长补短，共同发展。

（4）同科研单位、大专院校开展联合。一些生产上、技术上的难题，我们可以同科研部门协作攻关，以求得到科学的论证和解决方案，也可以同建筑设计部门联合，对住宅及室内陈设进行统一设计，不断开发新产品。此外，还可以同大专院校建立合作关系，请专家学者到公司讲学，或委托学校代培管理技术人才，以便尽快提高职工队伍的整体素质。

（三）把调整产品结构作为加工业发展的龙头

（1）扩大加工广度，增加加工深度，提高利用程度，充分合理地利用现有资源。要变出售原材料为出售加工产品；变出售粗加工产品为出售适销对路的最终产品。要在提高木材利用率上大做文章，拓宽木材综合利用的路子。除了利用加工剩余物发展人造板生产（人造板也要精加工），还可以考虑利用树枝、树根制作工艺美术品；利用锯末和废旧木材发展蘑菇、木耳等食品工业等。

（2）大力开发新产品，树立创优、创名牌产品的观念。目前，我省木材系统的产品还没有打得响的名牌产品。大部分产品甚至没有自己的牌子。今后，我们要高度重视市场调查和预测，根据自己的环境和条件形成自己的拳头产品，并以拳头产品为龙头，开发一整套配套产品，向高档化、系列化、组合化、配套化的方向发展，加速产品的升级换代。各级公司，特别是县级公司，要把满足农村市场需求作为工作重点，努力生产适合农民需求的产品，大力开拓农村市场。与此同时，我们还要积极创造条件，生产出口换汇产品。

（3）扩大经营范围。在服务领域上，要逐步拓展至基本建设、生产维修、产品包装和民用市场等领域。在服务方式上，不仅要加工、供应新产品，还可以收购、改造群众不适用的旧家具；不仅要生产全木结构的产品，也要发展钢木、塑木等产品。此外，还要因地制宜，组织多种经营，大力发展以木器生产为中心的配套性产业，如工艺美术、室内装饰、包装装潢等。这样，木材公司加工业就会占据多元化的有利格局，犹如"狡兔三窟"，在激烈的竞争中立于不败之地。

（该文参加了山西省第四次物资经济理论讨论会，同时也是1985年提交的电大毕业论文，并被评为全省优秀论文）

定襄"法兰经济"剖析

（二〇〇三年四月）

定襄县是我省北中部的一个小县，既不沿边，也不靠海，境内无煤少矿，资源匮乏。然而，改革开放以来，县委、县政府因势利导，大力扶持传统锻造业，形成了在全国以至于国际上都小有名气的"法兰经济"。

法兰是管道之间的连接件，是石油、化工、造船、建筑、农田、水利等行业必不可少的重要配件。特别是随着管道运输（包括液体、气体和固体）的快速发展，法兰的需求量越来越大，市场前景广阔。有专家预测，未来20年内，法兰不会有替代产品。而且，法兰属于劳动密集型产品，具有产业非趋同性和行业稳定性的特点，投资风险较小，产业关联度较大，出口创汇能力较强。

定襄"法兰经济"在短短20年间崛起的主要原因如下：

一是挖掘与扶持传统手工业。传统锻造业是定襄百姓的"看家本领"，民间流传着"铁匠翻了手，养活十来口"的古训，史书上也记下了"一斗芝麻铁匠"的传说。早在清乾隆年间，定襄的铁制品已畅销绥远、包头和大同等地。现代意义上的锻造业始于20世纪60年代，发展于80年代，兴盛于90年代，目前，小小法兰撑起了定襄经济的"半壁江山"。2002年，全县锻造企业完成销售收入3.5亿元，实现利税6500万元，上缴税金占全县工商税收的47.2%。

二是大力发展民营经济。定襄的锻造企业大部分起源于民营企业，以乡村和家族为支撑。近年来，定襄县对县营、集体、乡镇企业也实行了股份制改造，经营机制得到转换。截至 2002 年年底，全县锻造企业已发展到 400 户，年生产加工能力达 20 万吨，其中法兰系列产品占 70%。

三是以出口创汇为先导。定襄法兰企业紧跟国际潮流，广泛联系国际客商，扩大出口产品生产规模。2002 年，全县生产法兰 15 万吨，其中出口 6 万吨，占全国同类产品出口总量的 56%，出口创汇 2400 万美元，定襄已成为全国最大的法兰生产和加工出口基地。

四是坚持专业化分工和产业带动策略。围绕法兰的生产经营活动，全县逐步形成了若干生产小区和专业服务队伍。如专业化的原材料采购、遍布全国各地的专业销售网点，与之配套的运输、机加工、镀锌、打孔、包装、废钢铁回收以及生活服务等众多产业逢勃发展。全县约一半的劳动力在法兰生产经营或相关服务产业就业；一半以上的人口以"法兰经济"为生。1999 年 8 月，国家有关部门命名定襄为"中国锻造之乡"。

有关资料表明，目前，全球法兰年使用量约为 150 万吨，仅欧洲市场年供需缺口即达 15 万吨，而且仍以每年 7% ~ 10% 的速度递增。随着经济全球化的发展和国际产业分工的加快，国际法兰市场出现了分化重组的趋势：一是法兰生产逐步从发达国家向发展中国家转移，越南、印度、巴西等国与我国在国际市场上的竞争日趋激烈；二是标准化生产受到普遍重视，目前，法兰生产已形成美标（ASA）、英标（BS）、德标（DIN）、日标（JIS）等 10 个主要标准；三是以技术装备的进步带动产业水平的提高，液态模锻、多头仿形机床、多孔钻床、数控机床等自动化技术和设备极具市场竞争力；四是产品向多品种、小批量、深加工方向发展。

随着我国现代化建设的发展以及西部大开发战略的实施，三峡工程、西气东输、南水北调等世界性大工程相继启动，法兰的使用量急剧增加。我国加入世界贸易组织（WTO）后，定襄法兰产业面临更加激烈的国际竞争，传统体制、技术、设备与管理等方面的制约因素逐渐显现，主要体现在以下四个方面：一是传统的家族式管理模式对企业做大做强形成制约；二是分散经营难以形成规模优势；三是锻造设备不适应国际竞争的需要，急需引进新的技术和设备，实现基本工具的更新换代；四是"家庭作坊式"企业存在环保设施不完善的问题，面临国际贸易中的"绿色壁垒"。

定襄"法兰经济"经过20多年的稳步发展，已进入发展的平台期，在经济一体化、产业信息化的形势下，如果不能与时俱进，将失去竞争优势。因此，定襄的"法兰经济"必须进行升级改造，注入新的活力。以下是具体的策略建议：

第一，迅速提升产业规模。政府应该站在全县经济发展的高度，着眼于未来发展趋势，制订新的发展规划。在提高产业聚集度方面做文章，合力打造若干"法兰小区"，彻底改变"村村点火、户户冒烟"的"马路工厂"格局。同时，通过市场经济手段，逐步形成在国际市场具有较强竞争力的大型企业和企业集团。

第二，大力推进制度创新。努力改善投资环境，贯彻落实招商引资政策，加大吸引外资和内资的力度，并把吸引资本同股份制改造、建立现代企业制度结合起来，突破管理体制上的瓶颈。

第三，抓紧进行技术升级。瞄准国际先进水平，借助国内科研教学单位，引进技术、设备和人才，并注重规范化、标准化生产，提高产品的科技含量，打造"定襄法兰"品牌。

第四，加快企业信息化建设，以信息化带动工业化。在企业内部采用先进信息技术的基础上，建立全县统一的公共信息平台，促进企业与市场、政府、社会的高效沟通。

第五，按照现代物流的理念对定襄法兰的物流体系进行整合与改造，降低物流成本，开发"第三利润"。

第六，积极推广清洁生产、环保型生产。整治环境污染，实现定襄"法兰经济"的可持续发展。

忻州拾遗

《管理制度汇编》前言

（一九八四年九月）

建立一套合理的规章制度，不仅是企业整顿的重要内容，也是企业内部共同劳动、分工协作的客观要求。为了提高管理水平，适应企业发展的需要，我们从企业管理的实际出发，根据上级有关文件的规定，并参照有关单位的做法，选编了这套《管理制度汇编》，作为本公司全体职工的行动规范和准则。

这套《管理制度汇编》共三编七十六章，总计约 12 万字。第一编"领导制度"，依据党中央、国务院关于国营工业企业领导制度的三个条例，对本公司党总支集体领导、职工民主管理、经理行政指挥的根本制度等，提出了实施细则。第二编"工作制度"，对党、政、工、团，精神文明建设，计划、统计，仓储、供销，财务、物价，加工生产，人事、劳资，行政、福利，安全、保卫等九个方面的工作做了比较详细的规定。第三编"岗位责任考核制度"，对全公司的九个科、室（厂），七十二个工作岗位，分别制定了具体的工作职责和考核计奖办法。为了明确责任，提高工作效率，第三编还就业务科室之间的定期横向联系事项做了明确规定。

对企业的各项规章制度进行系统整理和汇编，在本公司发展史上还是第一次。在公司党、政、工会组织的领导下，全公司广大职工以"主人翁"精神参加了《管理制度汇编》的起草、讨论和修改工作。因而，本书充分体现了职工群众的愿望和要求，基本符合当前企业管理的需要。广大职工是企业的主人，企业制定规章制度离不开职工的积极参加；把各项规章制度付诸实施，更需要全体职工的自觉行动和有效监督。每一个共产党员、每一个共青团员、各级干部和每一个职工，都应成为遵守和维护各项规章制度的模范，以"主人翁"精神办好社会主义企业。

由于水平有限，加之时间仓促，书中难免存在缺点和错误。因此，恳切地希望广大职工在执行过程中提出意见和建议，以便进一步讨论和修改，使本公司的各项规章制度日趋完善。

若本书内容与上级有关规定存在抵触之处，一律以上级规定为准。

（为配合当年企业整顿的需要，本人为山西省忻州地区木材公司编写，1984 年 9 月成稿）

对原平县煤炭生产实行坑木
承包供应的初步评价和探讨

（一九八四年十月）

山西素有"煤乡"之称，是我国正在建设中的能源重化工基地。随着煤炭生产的发展，矿用坑木的需求量急剧增加。但是，我国的木材蓄积量大大低于世界各国的平均水平，能够提供的坑木资源远远无法满足煤炭生产的需要。如何以有限的坑木资源保证煤炭生产的迅速增长？本文拟就原平县煤炭生产实行坑木承包供应的实践进行初步探讨。

一、原平县坑木承包供应的做法与效果

随着经济改革的不断深入，煤炭能源开发形成了国家、集体和个人共同参与的格局。然而，坑木供应工作脱离实际、因循守旧，严重阻碍了煤炭生产的"起飞"。具体问题如下：

（1）坑木流通体制不合理，存在"货到地头死"的现象。有的煤矿因供应紧张影响了正常生产，而木材公司受指标限制，有货不能销。

（2）供应方式不灵活。木材公司"守门待客、见条付货"，供应的品种、规格不合乎实际需求，致使煤矿消耗高、成本大。

（3）由于管理工作跟不上，在坑木流通过程和使用环节中，"跑、冒、

滴、漏"问题严重，损失浪费的现象相当惊人。

上述问题的产生和日趋严重，对坑木供应工作提出了严峻挑战。在新的课题面前，原平县木材公司从改革中寻求出路，把"包"字引进物资流通领域，从 1982 年第四季度起，实行了坑木承包供应。在承包供应过程中，该公司紧抓以下三个关键环节：

（1）供应前，公司依据计委下达的煤炭产量计划和公司服务队核定的坑木消耗定额，与各煤矿签订承包供应合同。

（2）供应中，公司依据合同规定进行管理，严把"四关"：一是按需供应关，按照各矿开采条件和对坑木的不同要求，努力做到合理供应；二是提货结算关，煤矿固定专人提货，并要求介绍信、指标、支票三对口，以防冒领和挪用；三是节约代用关，按照核定的计划内、外坑木和水泥支柱的供应量一并开票结算，以促进代用品的使用；四是提货期限关，对于过期不提的坑木，木材公司有权另作分配，以加快物资流转速度。

（3）坑木销售以后，公司派出服务队巡回检查使用情况，并按节约程度落实奖惩措施。

原平县实行坑木承包供应后提高了物资流通经济效益，主要体现在以下五个方面：

（1）促使木材公司扩大购销业务，1983 年，实际供应坑木 9925 立方米，比 1981 年增长了 1.4 倍。

（2）促使用户按期提货，木材公司实现了进销衔接、均衡供应，节约了物资流通时间，减少了资金占用。1983 年，流动资金一次周转天数比 1981 年缩短了 13 天。

（3）木材公司在一定程度上有了经营自主权，促进了经营管理的改善。1983 年，实现利润 126700 元，比 1981 年增长了 1.55 倍。

（4）承包供应不仅使物资企业自身的经济效益有了较大提高，而且为煤矿提高经济效益做出了积极贡献。由于木材公司组织按需核实供应、品种互换调剂，有限的坑木资源发挥了更大的效用。1983 年，该县万吨煤耗坑木 59 立方米，比原承包定额下降了 21.4%。

（5）承包供应堵塞了挪用、挤占坑木的漏洞，节省了煤矿自行组织坑木采购的开支，为煤炭生产提供了坚实的物资保障。1983 年，该县实产原煤 151 万吨，比承包计划超产了 18%。

二、实行坑木承包供应是改革物资供应工作的重大突破

（一）承包供应有利于搞活物资流通

物资企业肩负着沟通生产与消费的重任，是搞活物资流通的关键部门。改革物资供应工作，必须充分发挥物资企业的积极性和主动性。但是，长期以来，在物资的分配与供应中，权力过分集中。物资企业，特别是基层物资企业，在经营上没有自主权，缺乏搞活经济的压力、动力和活力。因而，当经济改革之风兴起的时候，木材公司却成了改革的旁观者、局外人。

实行坑木承包供应是改革物资供应工作的重大突破。它把木材公司卷进了改革的滚滚洪流当中，促使木材公司面向实际，锐意改革。过去，木材公司不积极组织进货，工作被动，坐吃山空。实行承包供应后，通过合同的形式，使物资企业真正负起了保证生产供应的责任。原平县木材公司从生产需要出发，组织多渠道进货，不仅抓紧落实计划内资源，而且积极组织计划外资源、地方资源和代用品资源，从资源源头搞活了流通。

过去，木材公司的业务人员"稳坐中军帐"，单凭"条子"搞供应，致使供应工作与实际需要严重脱节。实行承包供应后，木材公司肩上的担子重了，"官商"作风得以扭转，"坐商"变成了"行商"。公司服务队深入煤矿调查研究，推行按需供应、核实供应、择优供应、奖惩供应，供应方式更加灵活了。通过接触实际，木材公司掌握了第一手资料，急生产之所急，供生

产之所需，供需双方的矛盾得到了缓和。

　　木材公司从供应品种、规格、数量、时间等方面千方百计满足生产需求，服务质量有了显著提高。由此看来，虽然搞活物资流通涉及面很广、头绪很多，但是，通过承包供应，发挥物资企业的积极性和主动性，就会"包"出搞活物资供应的活力来。

（二）承包供应有利于提高资源利用率

　　当前，我们国家一方面森林资源严重不足，不得不动用宝贵的外汇从国外进口木材，而另一方面，在流通过程和使用环节中又存在不少漏洞和浪费现象，人为地加剧了资源的紧张局势。怎样扭转这一状况？很重要的一条措施就是发挥物资企业的管理职能，打破资源使用上的"大锅饭"局面。

　　过去，在坑木供应指标的分配上，往往是使用部门申请时"头戴三尺帽"，计划部门分配时"拦腰砍一刀"。由于不了解实际需求，各煤矿一律按平均定额分配坑木，因而导致了此松彼紧、苦乐不均的现象。实行承包供应以后，木材公司依靠服务队摸清了各个煤矿的生产能力、开采条件和坑木实际需要量，使供应工作和实际需求紧密地连在了一起。例如，原平县轩岗公社煤矿地质条件较差，木材公司就按照每万吨煤供应 74 立方米坑木的标准进行供应，而条件较好的官地公社煤矿则按每万吨煤 34 立方米的标准供应，从而克服了过去坑木分配与供应中的盲目性。

　　过去，由于供应与需求脱节，人为地造成了大量的浪费。例如，原平县炭窑沟煤矿实际需要 2 米长的坑木，但公司供应的是 3 米的货。导致这个年消耗坑木只有 240 立方米的小矿，每年竟有 70 立方米的坑木被锯成截头扔掉了。据初步测算，实行承包供应以前，原平县在流通过程和使用环节中损失浪费的坑木约占 20%。实行承包供应以后，木材公司区别不同情况组织合理供应，并开展品种、规格的互换调剂，从而有效避免了损失浪费。承包供应责、权、利明确，木材公司不但管供、管用，还要管节约。这不仅使合理供应成为可能，而且保证了专材专用，加强了回收复用，推动了节约代用。

实践证明，承包供应是发挥物资企业管理职能、堵塞漏洞、减少浪费、挖掘资源潜力的有效措施。

（三）承包供应有利于提高物资流通经济效益

所谓的物资流通经济效益，是指在物资流通过程中，劳动消耗和劳动占用与满足社会需要的物资供应额之间的对比关系。它应当包括物资企业的经济效益和社会经济效益两个方面的内容。

过去，物资企业和生产单位往往各自强调各自的重要性，各自考虑各自的利益，常常互相扯皮，从而影响了社会经济效益的提高。而承包供应正是物资企业经济效益和社会经济效益相统一的一个好形式。

首先，承包供应促进了物资供应量的增加，而增加供应量，不仅是提高物资企业经济效益的重要途径，而且是提高社会经济效益的必要条件。其次，承包供应可以节约流通时间。这样，在减少物资企业资金占用的同时，使物资的价值得以提前实现，也就是缩短了社会再生产周期。最后，承包供应减少了流通费用。由于承包供应的流通量大、环节少、周转快，所以，流通费用水平下降了。

从社会分工和协作的角度来看，承包供应使物资企业全力以赴抓流通，生产部门集中精力抓生产，体现了社会化大生产的客观要求。因而，承包供应对于提高物资流通经济效益、加速煤炭能源基地的建设、提前实现"翻两番"的宏伟目标，具有重要的现实意义。

三、进一步巩固和完善坑木承包供应

原平县实行坑木承包供应以来取得了很大的成绩。其成功经验正在全省木材公司系统全面推广，并引起了国家物资局等上级部门的高度关注。怎样巩固和发展这一改革成果？针对当前存在的问题，我们建议采取以下两个方面的措施：

（一）加强承包供应的纵向联系

承包供应是物资经济工作整个链条中的一个环节。它的实行势必受到相关环节的制约。现在的问题是，公司对煤矿实行了承包，但与此紧密相关的两个环节尚未纳入承包体系。

一是供应指标的分配计划与承包供应不配套。1984 年，下达给原平县的万吨煤耗坑木定额在上年的基础上减少了 15 立方米，总共减少指标 1995 立方米。上边下达的指标包不下来，公司对煤矿的承包岂不成了无源之水、无本之木？

二是公司内部经济责任制落实不到位。实行承包供应以后，职工付出了比以往大一倍甚至几倍的劳动，但没有得到相应的报酬。如果不能充分调动一线职工的积极性，承包供应靠谁去完成？由此看来，坚持承包供应，就必须在相互关联的环节上采取配套性改革措施。一是上级计划主管部门与公司实行指标承包，节约的资源留归公司支配；二是公司与职工实行经营承包，使职工的经济利益与承包效果挂钩。有了这两个承包，公司对煤矿的承包才有可能落到实处。

（二）推动承包供应的横向发展

目前，原平县承包供应的对象仅限于中转供应的煤矿，也就是县营和乡、镇办的中、小煤矿。在该县境内，尚有坑木直达供应的轩岗和石豹沟煤矿。这两个矿全年消耗的坑木相当于地方矿的四倍以上，且万吨煤耗坑木高于地方矿一倍以上。从全省来看，坑木消耗是整个木材消耗的大头，而大矿在坑木消耗中又占有很大的比重。在大矿的周围，往往分布着许多中、小煤矿。大矿的"废物"常常是小矿的"宝贝"。但是，由于企业性质和隶属关系的限制，坑木资源尚不能统一调剂和调度，资源效能得不到充分发挥。为此，我们设想：由木材公司在煤炭集中产区设立"坑木供应服务中心"，统一组织坑木资源的订货、催货、供应、调剂、回收、节约等一整套工作，统一实行承包供应，统一调度坑木资源。这样，大矿可以省去组织坑木之劳，小矿可以得到使用坑木之便，木材公司可以收取经营坑木之利。

以一家辛苦，换来多方便利，无论从宏观经济角度还是从微观经济角度来看，其效益都是十分可观的。

（原载于山西省物资经济学会 1984 年 10 月编的《山西省第三次物资经济理论讨论会论文集》）

忻州地区木材公司为群众购买木材提供方便

（一九八五年六月十五日）

改革之年，按国家计划组织商品供应的木材系统怎么办？忻州地区木材公司的具体做法是：积极参与市场调节，为振兴经济当好后勤。

去年，该公司由主要领导带队先后组织了 100 余人的采购队伍，上东北，下江南，建立了 33 个信息联络点，聘请了 42 位联络员，积极组织计划外木材资源。今年春节刚过，公司的采购队伍又出发了，从 1 月至 4 月，已从外地购回计划外木材 16000 立方米，相当于去年全年到货数的 51%。

为了方便用户，搞好木材供应，从 4 月起，该公司采取了下浮价格、垛前挂牌、现场办公、简化手续、敞开供应、延长营业时间等办法，千方百计为用户购买木材提供方便。与此同时，公司还成立了农村、城市和煤矿三支木材供应服务队，深入全区 353 座煤矿和忻州市十几个乡、镇、企业的"两户"中，大搞调查研究，广泛征求用户意见。公司还采取了送货上门、核实供应和承包供应等多种供应方式，逐步由封闭式购销转向开放式经营。

截至目前，该公司已向各乡、镇、企业和个体经济户提供计划外木材7500 多立方米，从而有力地促进了商品生产的发展。

（原载于《改革报》）

关于生产资料市场问题的若干思考

（一九八七年六月十日）

生产资料市场在整个市场体系中属于基础性的市场。它的发育是否健全，功能能否有效发挥，对于经济体制改革的成败具有极为重要的意义。但目前的生产资料市场在实践中还有诸多不完善之处，理论上也有必要进行深入探讨与思考。

思考之一：市场的规模一定要同生产力发展水平相适应

建立生产资料市场的目标模式时，必然会遇到一个规模问题。适度的发展规模是市场健全发育的必要前提。政治经济学常识告诉我们：生产决定流通，流通反作用于生产。进入流通领域并被企业消费利用的生产资料数量的多少，归根结底取决于社会生产的增减。也就是说，社会生产的发展水平是制约市场规模的第一要素。

在传统的经济体制下，按照命令经济的模式组织生产资料流通，且基本采用单一的计划分配、固定价格和封闭式交换，这种模式使企业活力受到了压抑，导致资源不能有效配置，在一定程度上影响了社会经济效益。但在市场开放初期，由于国家宏观调控措施一时没有跟上，很快出现了百家经商、盲目发展的生产资料市场：各行各业，甚至党政机关纷纷插手经营；各地经营单位数量成倍甚至数十倍地快速增长，市场规模急剧扩大。但这种规模的扩大并没有使物资供应出现丝毫松动，反而导致经营单位越来越多，社会库存不断增加，再加上社会总需求一度膨胀，结果是供需矛盾愈发突出。囤积居奇、投机倒卖、牟取暴利、行贿受贿等早期市场经济的消极现象相继发生。这些现象不仅扰乱了正常的经济秩序，也毒化了社会风气。

这种表面上看似轰轰烈烈的市场并不是我们所期望建立的社会主义生产资料市场。那么，可不可以这样说：生产资料市场的超常发展，在一定程度上推动了1984年下半年以后经济生活中出现的"过热"现象。

通过分析对比我们不难得出以下结论：生产资料市场的规模必然受到生产力发展水平的制约。社会生产需要协调、稳定、适度地增长，这从客观上要求市场适度发展。如果忽视发展市场，导致市场过于狭小，商品流通就会受阻，进而限制生产的发展；反之，如果脱离生产力的发展水平，盲目地扩大生产资料市场，也会带来经济生活的紊乱。在流通体制改革当中，我们切不可把多渠道流通理解为流通渠道越多越好。凡事都有一个"度"，超过一定的客观限度，非但收不到预期的效果，反而会适得其反。为此，我们一定要保持清醒的头脑，使生产资料市场走上规模适度、规则明确、调控有力、发育健全的轨道。

思考之二：在多渠道流通中要特别注意发挥现有国营物资企业的职能

一段时间以来，全国各地各行各业掀起了一股"中心热"。大城市建，中小城市建，甚至县城、乡镇也要建，有的地方甚至多达数十个"中心"，形成了"中心林立"的局面。与此同时，多种经济成分的物资经销单位如雨后春笋般涌现，越是紧缺的生产资料，插手经营的单位就越多。相比之下，国营物资企业却"冷"了下来。

诚然，在大中城市、交通枢纽和传统物资集散地建立一批综合的或专业的贸易中心是十分必要的，它们可以起到现有物资企业不可替代的作用。与此同时，在交通不便、现有物资企业力所不及的地方，发展一些多种形式的物资供销网点，也是社会经济发展的必然要求。但是，我们不应忽视这样一个历史事实：经过30多年的努力，我国已建立起数万个国有物资企业。这些企业都有相当的经济实力和丰富的经营经验，与全国几十万个生产单位（特别是大中型骨干企业）建立了业务联系，在整个社会生产中发挥着举足轻重的作用。如果我们不注意发挥这些企业的主导作用，而是"另起炉灶"，重复建设，不仅会压抑物资企业的活力，也会使与之配套的生产单位变得无所适从。

无论从微观还是宏观层面来看，我们都应把发挥现有国营物资企业的职能作为完善生产资料市场的一个重点。从总体上来说，健全生产资料市场，并不在于多摆几个"摊子"。多种形式的物资供销企业迅速发展，不应危及国营物资企业的主导地位；早期市场经济的各种消极现象也不应被放任自流，而应将其控制在尽可能小的范围之内：从而为现有国营物资企业创造良好的外部经营环境，进而促进其内部管理体制的改革，使其成为相对独立的商品经营者，真正实现企业化经营。

此外，应根据客观经济需求对现有物资企业进行适当的调整改组，优化专业化分工，加强横向经济联系。这些问题解决好了，国营物资企业所蕴藏的巨大潜力就会充分释放，其发展前景也是不可限量的。

思考之三：改革计划分配体制，强化宏观调控措施

近年来的改革实践充分说明，市场自由贸易范围的扩大，取决于计划分配范围的缩小。反过来说，计划分配缩小的速度与市场的健全程度密切相关。如果生产资料市场很不完善，还不足以形成物资合理流通的条件，就大幅度缩小计划分配的范围，势必造成经济生活的紊乱。一方面，生产企业从

自身利益出发，会千方百计扩大自销，从而导致计划内的物资合同兑现率下降，国家掌握的可供资源减少；另一方面，物资需方（特别是大型企业、骨干工程）又会因为原有供应渠道改变以后一时找不到市场供应而陷入困境。由此看来，单靠缩小甚至取消指令性计划，并不能建立起有计划的社会主义生产资料市场。

物资计划工作的实际使我们认识到，包罗万象的计划是不切实际的空想；但缺乏宏观调控、完全自发的自由贸易也不符合社会化大生产的要求。在可以预见的将来，我国经济生活中的物资计划分配体制，不是何时取消、怎样取消的问题，而是如何改革、怎样运用计划机制调节市场运行的问题。我们不妨从这一观点出发，勾勒一下物资计划分配体制改革的轮廓：

（1）改变供应方式，稳定供需关系，扩大期货交易，逐步转向定点、定量、中长期合同定购；

（2）发挥价值规律的作用，逐步缩小牌价与市场价格的差距，实行定点、定量、不定价供应；

（3）按照不同类别物资在国计民生中的重要程度和供求状况确定指令性计划放开的时机与经营、调节形式；

（4）指令性计划不仅要管生产，也要管消费（生产建设总规模），努力实现社会总需求与总供给的相对平衡，为促进市场的正常发育和市场竞争机制的形成创造必要的条件；

（5）加强经济立法与司法，明确竞争规则，取缔不合理竞争行为，提高国家对市场的调节和控制能力。

思考之四：改革双轨价格体系，尽快实现新旧模式转换

生产资料价格的双轨制是经济体制改革的产物，对突破传统经济体制的束缚起到了积极的作用。但是，从总体来看，双轨制使社会经济生活更加复

杂，不稳定因素日益加剧，也增加了宏观经济调控的难度。可以说，只要双轨制价格存在，新的生产资料市场的调节机制就难以有效发挥。

改革双轨制价格体系，已成为人们谈论越来越多的话题。石家庄等地在实践中提供了可供选择的方案，我们可否在石家庄经验的基础上，把生产资料价格改革再向前推进一步。其核心是按照"价、税、财"联动的思路形成单一的市场价格。具体而言，产品的出厂价格由供需双方依照市场行情协商议定，使产品一进入流通就体现出价值规律的作用。为了调节供求关系、平抑价格波动，可以考虑开征价格调节税。对生产企业因提价形成的非正常收入，以税收的形式由国家集中起来，变为生产资料调节、发展基金。其中一部分用于弥补重点工程因材料提价造成的超额开支；另一部分形成短线产品开发基金，用以扶持短线产品的生产。这种方式可以使同一种规格和质量的产品在同一个市场上的差价逐步缩小，进而走向大体一致。

采用这样的办法进行改革，同原来僵化的价格体系相比，既扩大了企业的定价权，又使国家保留了宏观调控权；既突破了固定价格的限制，又不致发生价格失控的现象。同双轨制价格相比，这种办法既发挥了双轨制的长处，又弥补了其短处，有利于发挥价值规律的作用，促进短线产品的增产，达到供求平衡。

同物资企业差价返还的形式相比，这种办法由原来的低层次、机械的差价返还变为国家综合运用经济杠杆对生产和流通进行宏观调控，克服了政企不分、苦乐不均、讨价还价等弊端，有利于新经济机制的有效运行。在新旧体制模式转换时期，采用这样的办法改革生产资料价格，也许是一条摩擦较小、过渡较快的思路。

思考之五：评价生产资料市场健全与否的标准是什么？

我国的商品经济是在公有制基础上的社会主义商品经济。我们所要建立的市场，是在公有制基础上的有计划的商品市场。那么，拿什么标准来衡量这个市场的健全程度呢？对此，我们必须有一个明确的认识。

能不能以市场的规模来衡量呢？按照前面的分析，回答应当是否定的。能不能以物资的流通数量作为标准呢？我看也不能。因为在发育不健全的市场上，相同的一批物资，可能被反复转运，甚至原地不动，也会身价倍增。表面上看似热热闹闹，其实对社会效益毫无益处。

那么，拿什么作为衡量标准呢？我认为，主要应当看市场的功能是否得到有效发挥，以及市场机制在多大程度上促进了稀缺资源的有效配置和物资的合理流通。在这里，我们不妨借用"木桶理论"来说明这个问题。一个木桶的容量大小，并不取决于木桶中最高的一块木板的高度，也不取决于各块木板的平均高度，而是取决于最低的一块木板的高度。因为只要有一块木板短缺，其他的高木板就会形同虚设。在我们这样一个资源相对贫乏的社会主义发展中国家，发展现代商品经济时，其中的稀缺资源就好比木桶中最低的一块木板。它的配置和使用情况，对整个经济的发展影响极大。如果新的生产资料市场不能保证稀缺资源的有效配置和充分利用，那么新的经济体系就难以维持其存在和稳定运转。

要使市场的功能得到有效发挥，社会资源实现有效配置，就必须摆脱高度集权的"条条专政"和分散主义的"块块割据"，逐步建立起统一的社会主义有计划的商品市场。在统一而灵活的生产资料市场上，生产者根据商品价格的涨落来判断社会需求动向并积极调整生产结构；消费者根据商品价格的涨落来选择和调整需求结构；国家则根据市场状况制定宏观经济政策（包括经济、行政和法律手段），用以指导市场，对企业的生产经营实行间接控制，从而逐步形成对社会资源的有效分配机制。

总之，在社会主义商品经济发展的起步阶段和新旧体制模式的转换时期，逐步建立和完善生产资料市场，不能走自发形成、盲目放开和行政性分权的道路。当然，生产资料市场的形成与发展，还会受到消费品市场、金融市场、投资体制和国际市场等多种因素的影响。为此，我们应该从"大市场""大流通"的角度来考虑生产资料市场问题。坚持总体设计、配套改革的方针，理顺各方面的经济关系，使新的生产资料市场机制在经济运行中占据主导地位。这正是我们讨论生产资料市场问题的初衷。

（原载于忻州地委政策研究室主办的《调查研究》）

进一步改革木材流通体制的问题与思路

（一九八七年八月）

探索木材流通体制改革的新路子，必须做到既实现木材总需求和总供给的基本平衡，最大限度地满足各方面的需求，又不使森林资源遭到破坏，努力保持生态环境的基本平衡。这是衡量木材流通体制改革成败的唯一标准，也应当成为进一步改革的基本目标。为了实现这一目标，可以考虑从以下方面推进下一步改革：

一、强化对资源的宏观控制

面对日益严重的东北森林危机，有关专家大声疾呼：这不是一般的危机，而是面临灭绝的危机；不仅是森林危机，更是全面的生态危机；不仅是东北的危机，而且是关乎中国半壁江山的危机。对此，我们切不可掉以轻心，要采取经济的、行政的、法律的手段，像控制人口增长和治理乱占耕地那样，加强对森林资源的宏观控制。

首先，要严格控制采伐总量，实行全国"一本账"。不论是计划内外还是以任何名义采伐木材，都不得突破采伐计划的限制。超采木材所得的收入，应按非法收入对待，予以没收并处以罚款。国家下达的采伐任务，还要下决心压缩。变盲目的"以销定伐"为有计划的"以育定伐"。对那些森林资源赤字严重、采育比例失调的林区，要采取果断措施，该限产的限产，该停产的停产，使其得到休养生息。

其次，指令性计划在短期内不宜全部取消，要逐步实现定点、定质供应。随着指令性计划的缩小，不时听到全面取消指令性计划的呼声。我们认为，就目前情况来看，木材这种特殊商品的指令性计划不仅不能取消，而且应占有一定比例。不然的话，国家重点生产、建设项目的用材需要就难以保障。因此，要在核实需求与供给能力的前提下，逐步实行定点、定量、定质供应。变仅定数量为数量、质量一起定；变多头供货为定点供应；变半年一定为三年或五年一定，并以强制性供货合同的形式，把指令性计划的规模、结构和供需关系确定下来。

最后，要加强对计划外资源的管理。在计划内生产和重点基建项目的供需关系固定以后，不论农业、市场还是产品包装等方面的木材需求，都可以进入市场交易。当然，交易的总量受采伐计划的限制。指令性计划内的木材直接按质、按量供给重点生产建设单位，不准流入市场，除此以外的木材资源允许自由流通。这就在计划内外之间形成了一道屏障，既能保证重点需求，又不致出现过量采伐。

与此同时，要清理和整顿木材市场，对所有经营木材的单位进行资格审查，对合格的发放经营许可证；取消个人和不具备经营条件的单位经营木材的资格，使木材商品市场置于国家的宏观控制与指导之下。

二、运用经济杠杆调节流通

（一）理顺木材价格，充分发挥价格的调节作用

其一，促进二价归一，减少中转环节。木材价格的双轨制是双重体制模式转换时期的过渡形式。这种形式虽有一定的积极意义，但由于牌价与市价

过度悬殊，也带来了严重的弊端。我们要积极创造条件，逐步缩小并最终取消双轨制的价差。要通过上调牌价、压低市价、国营物资部门掌握足够的资源储备和适当增加进口等办法，逐步实现二价归一。随着牌价与市价差距的缩小，倒买倒卖者将无利可图，中间环节的问题也会在价格杠杆的作用下得到解决。

其二，适当扩大各种差价，形成合理的比价。要适当拉开木材与木材代用品之间的差价，用价格杠杆的作用促进节约代用。要适当拉开不同规格、材种、质量之间的差价，鼓励木材生产部门依据社会需求，生产适销对路的优质木材。同时，也要为较差的材种寻求市场出路。要设置挑选差价，让需要优质木材的人出高价，以适应不同用户的多样化需要。

其三，调整价格管理权限，适当扩大木材生产和经销单位的定价权。物价管理部门应从具体定价的直接管理中解脱出来，转向以宏观控制为主。可以选择一至两个代表性树种，制定一个时期的价格总水平和浮动范围。在此范围内，由木材生产和经销单位依据供求变化协商定价。这样，既可以避免因管得过死而导致脱离实际的弊病，又便于从宏观上进行控制，防止价格大起大落。

（二）价、税联动，扶植生产、抑制消费，维护指令性计划的严肃性

"材质好的卖高价，材质差的交国家"这个现象的存在，不仅仅是一个思想认识问题和经营方法问题，最根本的是盈利机制作用的结果。计划内外价格悬殊是产生这一问题的症结所在。如果让木材生产单位感到生产计划内的木材与生产计划外的木材的盈利相当，那么这个问题也就迎刃而解了。我们可以借鉴石家庄市改革生产资料价格的思路，从木材进入流通领域开始，就运用经济杠杆进行调节。对计划外木材，按售价高低，采取累进计税的办法，向生产单位收取"价格调节税"。然后，将这部分钱按比例返还给承担

计划内木材生产任务的企业。这样，不仅可以限制价格过度上涨，又可以增强生产部门对计划内木材的责任心。

同时，要将木材作为特殊的高档商品对待，按照"寓抑于征"的思路，采用高价高税的政策抑制木材消费。调价增加的税收要专税专用，用以扶植林业生产，为实现采育平衡、供需平衡创造条件。

三、发展多种形式的横向联系

第一，要大力发展木材系统内部的联系，特别要抓好信息方面的反馈利用和资源方面的联购分销。运用行业优势，在木材流通中发挥平抑价格、稳定市场的作用。

第二，要发展产销（林、物）联营，固定供需关系，减少流通环节。这样，既可以实现适销对路，又能为林业的发展筹集一部分资金。

第三，要有计划地发展木材贸易中心，逐步形成开放式的、少环节的、宏观控制下的木材市场。

第四，以中外合资的形式，经营大路木材的进口和珍贵木材及木制品的出口业务。

多种形式的横向经济联系发展起来后，就可以突破按行政层次纵向计划分配的僵化体制的束缚，为经济合理地组织木材流通打下坚实的基础。

四、狠抓流通加工和节约代用

提高木材的使用效益是缓解木材供需矛盾的重要途径。变千家万户分散加工原木为物资部门统一按需加工，不仅可以根据不同的使用对象和产品规格量材使用、综合套裁，从而提高直接利用率，而且有利于集中加工剩余物，用于生产小木制品、人造板和活性炭等，进一步提高综合利用率。例如，杭州市实行统一按需加工后，木材综合利用率一直保持在95%以上。如果全国各地都能达到杭州市的水平，那么每年就可以节约木材数百万立方米。由此可见，木材利用方面的潜力是巨大的。当前，推广杭州市的经验，可从以下三个方面着手：一要加速物资部门加工厂的转轨变型，提高管理水平，实现由单纯生产型工厂向生产经营型企业的过渡，让加工厂直接面对竞争激烈的市场；二要大力发展横向联合，在自愿互利的基础上，物资部门的加工厂可以同工业部门或其他部门的木制品行业实行联营，取长补短，共同发展；三要努力提高质量、开发新产品、降低售价，给用户以看得见的实惠，从而引起社会各界对统一按需加工的重视，吸引用户，占领市场。

除了抓好流通领域的加工生产，还应重视全社会的木材节约代用工作。在"六五"期间，全国共节约代用木材4500万立方米，相当于同期国家计划内资源的16.17%。节约代用的经济效益不可低估。当前，要落实各项节约奖励政策，巩固已有的节约代用成果，鼓励开发新材料、新产品。对农村群众建房要积极引导，大力发展节木型建筑，控制不合理消费。

五、抑制消费，控制总需求

要继续加强对固定资产投资规模的控制，压缩木料需求，保持全社会供需平衡。只有保持总需求和总供给的基本平衡，才能既满足基本需要，又避免过伐、滥伐，为木材流通体制改革创造一个较为宽松的环境。当然，木材流通体制的全面理顺、木材供需矛盾的根本解决，还有赖于林业生产的稳定发展。因此，应把育林、兴林、护林看作改革木材流通体制的根本大计。

（原载于北京物资学院主办的《中国物资》）

浅论物资企业经营策略中的几个关系问题

（一九八八年九月十二日）

随着生产资料市场的逐步形成与发展，物资企业所处的经营环境发生了显著变化：一方面，通过市场自由购销的物资越来越多，这就为物资企业的经营活动提供了广阔的空间和充分的机会；另一方面，越来越多的各级各类经济实体参与物资购销，使市场竞争越演越烈，从而对物资企业的经营活动提出了严峻挑战。机会与挑战并存，使经营策略问题越来越成为关系到物资企业前途命运的重大问题。因此，物资企业要想在竞争中求生存、求发展，就必须高度重视并深入研究经营策略问题。本文仅就物资企业在选择经营策略时应注意的几个关系问题谈点粗浅的看法。

一、一业为主与多种经营的关系

10 年来经济体制改革的实践打破了物资企业独家经营、坐吃"皇粮"的旧格局，代之以多头经营、找"米"下锅的新格局。正是在这样的背景下，物资企业原来经营的"主业"无一例外地受到冲击。主业丢了副业补，为了在新形势下求得生存与发展，不少物资企业纷纷从多种经营方面寻求出路。然而，多种经营搞什么、怎么搞并不是每一个企业一开始就有清醒的认识。不少企业首先想到的是本行业、本系统的经营业务。什么产品或服务

"吃香"，大家就一哄而上，竞相抢"热门"。甚至一个公司内部，在经营项目上也出现了重复，形成了千军万马过独木桥的紧张局面。这不仅导致物资系统内部"内耗"不断，还影响全公司、全系统的整体效益。也有的企业在选择项目时饥不择食、脱离实际，致使原来的主业受到影响。

列举上述例子，并非给多种经营泼冷水，而是想强调主业与副业的关系问题。

首先，我们要摆正二者的位置，既不要囿于传统观念的束缚，又不要轻易放弃多年积累起来的优势。经过将近40年的发展，我们的物资企业大多具有比较雄厚的经济实力、比较固定的供销渠道和比较丰富的经营经验——这些是经营中必不可少的"硬件"和"软件"。虽然在改革之初由于主观思想上的不适应和客观政策上的不配套，主营业务会受到一定冲击，但是我们切不可因为一时的困难而削弱自己所熟悉的经营业务。随着改革的深入，国家宏观调控的强化和市场规则的进一步明确，再加上我们自身经营策略上的正确选择，相信国营物资企业的主渠道作用是会得到加强的。因此，我们在处理主业与副业的关系时特别要注意扬长避短，发挥优势，在保证一业为主的前提下积极开展多种经营。

其次，开展多种经营不要削弱行业和系统的整体优势。特别是企业承包以后，我们切不可急功近利，发生短视行为。不要一提多种经营，就想到本系统经营的短线紧缺商品。大家都钻"热门"，"热门"就有可能转化为"冷门"。开展内部不规范的竞争，只能削弱系统的优势，到头来吃亏的还是系统内的企业。我们应当懂得整体优于各部分简单相加的道理，在维护系统优势的前提下有选择地开展多种经营。

最后，多种经营要联系实际，因地制宜。副业最好围绕主业展开，服务于主业，逐步形成主业与副业协调发展、互相促进的经营格局。例如，木材公司的多种经营可以围绕"木"字展开，发展深加工、细加工、精加工；金属公司可以搞切割、裁制、配套业务；机电公司应抓好咨询、维修等售前、售后服务等。这样，既以主业带动了副业，开拓了新的经营门路，又以比较完备的服务手段吸引了用户，以副业促进了主业。一业为主、多种经营的关系摆正了，路子走对了，就会形成相得益彰、比翼齐飞之势，收到事半功倍的效果。

二、综合经营与专业经营的关系

一个物资企业的经营范围，是宽一些好，还是专一些好？这个问题首先应当从流通与生产的关系来考察。

现代化大生产的一个突出特点就是生产的分工和专业化。一部现代化的大机器，任何一家企业也不可能"独家生产"。同样的道理，任何一家物资企业也无法使自己变为"全能公司"。这就是说，生产的专业细分化，势必对流通的专业化提出新的要求。既然"大而全""小而精"的生产企业不符合现代生产发展的潮流，那么，光有综合性的物资企业也就很难适应现代化生产的发展需要。由此看来，物资企业侧重于发展专业经营，首先是社会生产现代化、专业化对物资流通提出的课题。

从物资企业自身来看，走专业经营的路子，有利于集中精力抓专业，办出自己的经营特色。如果我们东抓一把、西抓一把，就会分散精力，结果是哪方面也深入不下去，最终导致自身的竞争能力难以提高。近年来的一些事例也能说明这个问题。为什么像太原市的"冰峰"、北京的"四通"这样一些后起之秀会在某些行业崭露头角，甚至"独霸"一方，而我们物资企业的经营范围反而日渐萎缩呢？除了这些企业在体制上比较灵活以外，可以说，坚持专业经营也是其一大特色。有所不为，才能有所为。综观社会上有所成就的企业，无不是专业化程度较高的公司。前述"冰峰""四通"专营炊事机械和制冷设备，只用几年工夫，就创下辉煌业绩，其知名度恐怕不在某些省级专业物资公司之下。其中的奥妙，难道不值得我们深思吗？

人们需求的多样性、层次性和市场的细分化，决定了专业经营的强大生命力。饮食行业尚有婚礼酒家和儿童餐厅之分，小小纽扣也能形成全国性的专业市场，甚至医药卫生界也在大力发展各类专科医院。那么，我们可不可以在不排斥综合经营的同时，在一些大中城市或某种物资的主要生产、销售、集散地建立一些比现有的专业公司还要"专业"的公司或商店？如轴承、仪表、汽车、橡胶等领域。只要我们依据当地生产力发展水平和市场状况选准突破口，专业经营的前途就将是不可限量的。

三、薄利多销与适当制价的关系

价格策略在企业的整个经营策略体系中占有举足轻重的地位。特别是物资企业经营的计划外物资日益增多，推广石家庄经验，实行计划内外一个价，企业有了一定范围的物价浮动权以后，这个问题尤为突出。

一些企业在制定价格时，往往借用"薄利多销"这一古老的经营之道，以低价竞销的手段促进销售。这样做，虽有其合理的一面，但如果不分时间、地点、条件，简单地套用则不甚妥当。首先，我们来考察一下，经营生产资料是不是"薄利"就能"多销"。我们知道，生产资料与生活资料的一个显著不同点在于后者通用性强、可替代性强，相对来说选择余地也大；而前者专用性强、可替代性差，相对来说选择余地也就小。一个生产企业购置生产资料时，首先考虑的是品种、规格、型号、性能，即商品的实用性，其次才是价格因素。换句话说，生产企业绝不会因为价格便宜而买自己不适用的生产资料。由此可见，对于经营生产资料的物资企业来说，"薄利"未必能够"多销"，是否适销对路才是决定经营量大小的先决条件。

几年来改革的实践告诉我们，发展社会主义商品经济是我国经济体制改革的主题，而价值规律正是支配商品经营活动的主要规律。离开了价值规律去谈论薄利多销、平抑物价，是不现实的，也是不可能的。退一步讲，国营物资企业应当为平抑物价作出牺牲，但是，真正使用生产资料的企业会不会从中受益呢？往往有这种情形，国营物资企业的低价物资并不能直接进入使用单位，而是通过各种合法或不合法的渠道和环节，为小集体或私人从中渔利留下了可乘之机。国营物资企业定价越低，与市场价格差距越大，中转的环节就会越多。与其让国营企业让利的好处落入私人腰包，还不如按照价值规律的天然尺度，采取适当定价的策略，来堵塞一些人投机取巧的漏洞。就像最近对部分烟酒价格的放开和调整一样，在价值规律的作用下，一些多余的流通环节自然就失去了依托。当然，这里所指的适当定价，是在国家现行物价政策允许的范围内，在不突破最高限价的前提下制定价格，并不意味着国营物资企业可以离开国家政策去漫天要价。事实就是这样，不放开国营企业的手脚，企业蕴藏的潜力就无法释放出来，所谓发挥主导作用也就变成一句空话。只有把适当定价的权利交给国营物资企业，他们才有可能掌握和控制市场。

同时，我们还应当看到，适当定价也是物资企业搞活经营的需要。市场逐步放开以后，竞争机制和风险机制引入了物资企业的经营活动。甲品种紧缺、价格坚挺，乙品种滞销，价格就可能疲软；甲地畅销就能卖个好价钱，乙地积压就可能贴老本；此一时价格上去了、利润丰厚，彼一时价格跌下来，又会前功尽弃。物资企业有了物价浮动权，就会根据市场供求状况适当制定价格，把该提的提上去，把该降的降下来，从而拉开品种、质量差价及地区、季节差价，用以促进短线、优质产品的生产，调节资源的优化配置。物资企业因提价得到的超额利润，一部分以税收的形式上交国家；另一部分可以用来建立风险基金和短线物资开发基金，从而增强物资企业的经营实力。只有这样，国营物资企业的主导作用才有可能落到实处。

四、实物原进原出与加工、配送、维修、租赁的关系

从物资企业所处的地位和自身特点来看，加工、配送、维修、租赁等四

大业务较之实物原进原出有现实的基础和广阔的发展前景。然而，这一问题远未引起系统内同行的足够重视。不少企业仍然满足于增加营业网点、扩大实物原进原出的规模，而对加工、配送、维修、租赁等业务的发展相对滞后，有的地方甚至呈现出萎缩的趋势。对此，我们必须大声疾呼：用战略眼光重新审视开展四大业务的重要意义。

大力发展加工、配送、维修、租赁四大业务，是物资企业转轨变型、增强竞争能力的需要。指令性计划缩小，特别是推广石家庄经验以来，生产企业有了越来越大的进货选择余地。物资企业靠行政命令建立起来的"优势"正在削弱。面对竞争激烈、瞬息万变的市场，在品种、质量、价格等其他各项条件基本相同的前提下，流通单位的竞争就集中体现在服务方面。谁的服务更好，谁就能更好地吸引用户、占领市场。物资企业办好以上四大业务，按照用户的需求提供多样化、全方位的优质服务，将比实物原进原出更受用户欢迎。物资企业将以全新的经营方式和服务手段吸引用户、扩大市场，原有的优势也将在优质服务中体现出来，从而在竞争中站稳脚跟。

开展加工、配送、维修、租赁四大业务是物资企业围绕主营业务、开拓经营门路、实现多层增值、调整经营结构的需要。物资企业经营的商品往往受到资源短缺的制约，单纯依靠扩大购销规模来增加收益的难度较大。然而，通过开展四大业务，企业可以为用户提供多种服务，在相同的物资经营量基础上获取更好的经济效益，从而走上内涵式发展的道路。开展四大业务还有利于企业调整经营结构，变单一的物资购销为加工、包装、运输、维修、租赁、咨询服务等多种产业协调发展，形成东方不亮西方亮、黑了南方有北方的有利态势，从而增强企业的应变能力，并为长远稳定协调发展提供持续动力。

从全社会来看，物资企业统一经营以上四大业务，有利于节约资源，促进资源的合理配置和充分利用。物资企业开展统一加工，把原材料转为成材、成品、半成品供应，就可以通过加工改制、合理套裁、综合利用等手段，提高资源利用率。物资企业开展承包配套供应，配送上门，就可以免除生产企业的后顾之忧，加快物资周转，进而促进全社会物流合理化。物资企业开展售后服务，上门维修，既能解决用户的困难，又能把信息及时反馈给生产厂家，从而促进产品质量的提高，推动技术进步。物资企业对大型机具设备及建筑用工具开展租赁业务，就可以实现一机多用、一物多用，提高工具和设备的使用效益。

总之，以上四大业务由一家经营，受益的并非物资企业一家，而是全社会。大力发展以上四大业务，无论对于物资企业自身，还是对于全社会，无论对于当下的生存，还是将来的发展，都具有十分重要的意义。

五、立足本地与面向全国的关系

物资企业若想参与大流通、大买卖、大市场，还要学会处理立足本地与面向全国的关系。经过长期的经营实践，各级物资企业普遍与当地经济建立了广泛的联系。这是企业赖以立足的基点和打出去的"本钱"。因此，在面向全国参与大流通的同时，切不可忽视本地的"小买卖"，要巩固好自己的"根据地"。企业要对本地生产力发展水平及资源、市场状况进行全面的、透彻的、动态的了解。要大力扶持地方产品的生产，为开发当地资源当好"红娘"。要与本地用户保持紧密的联系，不论买卖大小、盈利多少，都要热心为他们服务，千方百计为发展本地经济铺路搭桥。当地经济发展了，又会反过来为物资企业提供更加广阔的活动空间，从而推动物资企业的经营更上一层楼。

我们的国家地域辽阔，生产力发展水平差异较大，各地市场对各类物资的供需方向、时间、价格等要求各不相同。从总体上说，我国的物资库存大、周转慢。这就为我们面向全国开展大流通提供了现实可能性。我们要在全国各地有选择地建立比较稳固的进货和销售基地，组织好外购内销、内购外销，也可以开展外购外销、深购远销。在抓好实物购销的同时，更要重视全国范围的信息流通，与各级信息机构和大众传播媒介建立关系，在大城市、经济区开设"窗口"，促进信息交流，以扩大视野。变单纯的资源余缺调剂为信息、资金、技术等多方面的经济交流；变松散的、一次性的业务关系为较为紧密的、长期的经济联合。要积极创造条件，直接开展进出口贸易，投入国际经济大循环中。

只要我们立足本地立得稳固，面向全国视野宽阔，在经营策略方面选择正确、运用得法，物资企业就能在经济改革和社会发展中大显身手。

（该文是为 1988 年物资体制改革专题研讨会提交的论文，原载于《中国物资》）

区物资局直属企业推行目标费用管理　效益大增
目标成本管理经验在流通企业同样适用

——仅七八两个月降费增益 76 万元

（一九九〇年十月二日）

今年，我区在厂矿企业广泛推广的目标成本管理经验，是否适用于流通领域？地区物资局直属企业从今年 7 月开始推广此经验后，成效显著，仅 7—8 月就降费增益 76 万元，一举战胜疲软，扭亏增盈。

今年上半年，区直物资企业在市场疲软的困境中，销售额虽比上年同期增长 8.37%，但高销售并无高效益。主要原因一是进销差价率降低 1.33 个百分点，二是费用水平升高"吃掉"利润 65 万元。局领导经认真分析后认为，扭亏增盈的唯一出路在于强化费用管理。6 月中旬，他们组织各公司经理到原平化工二厂参观取经，学习借鉴该厂的目标成本管理经验，并在全区物资企业内推行了目标费用管理。其办法如下：

第一，目标导向，事前控制。局里组成巡视指导组，到各企业算账，制定下半年的目标费用及各项经营管理措施，压缩不合理开支。全局费用水平由上半年的 7.79% 降到 7 月的 7.09%，8 月又降到 4.52%。

第二，层层分解，全员把关。局里号召全体干部职工献计献策，填写"降费增益建议卡"。各企业把目标费用等主要经济指标层层分解落实到科、到人，由财务科一家管理变为全员参与费用控制。增收节支、勤俭办企业的风气在各企业逐渐形成。

第三，健全制度，兑现奖罚。地区物资企业强化了以财务管理为核心的经营核算体系。区局组织开展了以费用水平自身比较、省内同行业横向比较和销售收入增长速度三项百分考核为主要内容的竞赛活动。推行目标费用管理使大部分区直物资企业走出困境、效益大增。实践证明，这一经验在流通企业同样适用。

（原载于《忻州报》）

战胜"四多"　搞好报道

（一九九〇年十二月三十一日）

　　基层通讯员大多兼管办公室工作，处在"会议多、报表多、文件多、应酬多"的包围之中。但这"四多"对通讯报道工作也具备有利的一面。

　　会议多是办公室工作的一大特点。不少基层通讯员被迫"泡"在会议里不能自拔。然而，我们也应该看到，会场正是基层通讯员大显身手的场所。当然，我们切忌一般化的会议报道，但这并不等于基层的会议就一概没有新闻价值。去年4月，我发现地区物资局局长在全区物资工作会议上的讲话很有特色，就反复琢磨提炼，选取"全方位开发资源的新思路"这样一个角度写了一篇谈话录，结果被《中国物资报》头版采用。参加会议虽耗费不少时间和精力，但只要善于发现、深入挖掘，同样能使基层的会议报道登上"大雅之堂"。

　　报表多也是困扰我们的一大难题。枯燥乏味的数字搞得人头昏脑涨。但我们不应忘记，"质"的变化正是来自"量"的累积，"死数字"里包含了"活情况"。我在整理报表时发现，忻州市物资公司资金周转一次只需13天，大大快于全区同行业水平。于是，我就依据这一线索进行深入采访调查，写下了《13天的周转速度是怎样创造的?》该文被刊登在《忻州报》上。离开了报表，很难发现这样的新闻事实。

　　办公室工作，不是下"会海"，就是上"文山"，指令性的"爬格子"

任务似乎永远"爬"不完。我们要在被动中寻求主动，务"正业"时兼点儿"副业"。今年年初，领导指派我为地区物资再生综合利用公司整理一份典型材料。结果，材料被选送全省物资工作会议，从中提炼的访问记《"破烂王"的"收购经"》也被《山西经济报》《经济周报》等三家新闻单位采用。由此可见，我们整天为之忙活的总结报告、典型材料、文书简报等，有些正是通讯报道的极好素材。

办公室整天人来人往，环境比较乱，应酬比较多。接待应酬也是我们获取信息的重要渠道。去年年底，我在同地区建材公司分管财务的一位副经理闲谈时了解到，他们在资金运用方面点子多、效果好。于是，我就根据这个线索写了《用活资金天地宽》的报道，详细介绍了该公司巧用资金的八种方法。当时正值资金紧缺，资金使用问题成为企业界的热门话题，这篇报道被《山西经济报》《山西物资流通》等报刊采用。

（原载于《山西日报》）

关于物资流通社会化问题的争鸣与思考

（华北地区物资经济理论讨论会第三组观点综述）

（一九九一年八月）

我们第三组共 13 篇论文，有 11 位同志参加了讨论。讨论的重点是关于物资流通社会化问题的争鸣与思考，归纳为以下三个问题：

一、关于物资流通社会化的含义

一种观点认为，物资流通社会化是指物资流通从生产领域分离出来，由专门的物资流通企业按照经济合理、专业分工的原则承担物资流通社会职能，是逐步由低级到高级的动态发展过程。

另一种观点认为，物资流通社会化是建立在生产高度专业化、社会化基础之上的面向全社会的专业化、集约化的流通。它是社会经济发展到一定阶段的必然产物，是我国物资流通体制改革和发展的基本方向。

还有一种观点认为，物资流通社会化就是要改变过去那种条块分割、千家万户自办流通的格局，按照合理高效的原则，由物资部门统一组织全社会的物资供应。这是一种比较理想的物资流通模式。

一谈到物资流通社会化的目的和发展前景，大家普遍认为，提出物资流通社会化，就是为了建立高效、通畅、可调控的生产资料流通体系，促进流通产业的合理发展和资源的有效配置，从整体上提高我国物资流通的经济效益，以保证国民经济持续、稳定、协调地发展。但社会化的模式可以多种多样，通往社会化的途径也不会只有一条。我们说，日本综合商社式的流通是社会化程度较高的流通模式，但也不能说美国式的流通就不是社会化的流通。我们应从我国的国情出发，学习借鉴国外的经验，逐步探索具有中国特色的社会化流通的路子。

讲到流通社会化，必然涉及现代化的问题。大家认为，物资流通现代化包括的内容很广。它既指先进的流通设施和技术，也包括流通手段的科学化和管理意识、管理方法的现代化。社会化的流通体系也是现代化的题中应有之义。因此说，社会化和现代化相辅相成、密不可分。流通现代化离不开社会化，而社会化的程度最终取决于现代化的水平。

参加第三组讨论的绝大部分是物资部门的同志，因此，大家对社会化给物资部门带来的影响极为关注。同志们一致认为，流通社会化的进程是不以人的意志为转移的客观规律，不是谁承认不承认、提倡不提倡的问题。社会化的进程本身就是一个充满竞争的过程，它不承认永久的权威，主渠道的地位也不是自封的。因此说，对于国营物资部门来讲，社会化既是发展壮大的契机，也是生死存亡的挑战。我们应当勇敢地迎接挑战，不失时机地抓住机遇，在物资流通社会化的进程中唱好主角。

二、实现物资流通社会化的主要制约因素

大家普遍认为，我国目前的物资流通社会化程度不高，不仅与发达国家的差距很大，而且严重滞后于现阶段生产发展的需要。主要的制约因素如下：

一是生产资料市场发育不成熟。包括交易主体多元化，没有明确的交易规则，市场价格被扭曲，市场秩序混乱，市场信息反馈不准确、不及时，以及人为地设置行业壁垒和地域封锁等。

二是管理体制障碍。既有总体上中央与地方、条条与块块之间分割封锁的矛盾，也有物资部门内部体制下放和企业承包以后出现的内部不规范竞争。表现为上级层层争地盘，企业与企业之间甚至一个企业内部互相挤压，形不成"拳头"。

三是国营物资企业实力不强，主渠道功能弱化。物资部门，特别是基层物资企业的同志反映，国营物资企业普遍基础设施落后，资金极度短缺，潜亏问题严重，市场占有率逐年下降，缺乏发展后劲。而与此相对照的是集体、个体经营单位的超常发展，主渠道的地位受到严重威胁。

四是思想观念滞后。不少国营物资企业对社会化的发展趋势认识不清。有的放不下国营企业的"架子"，官商作风难以彻底根除；有的还在依赖国家优惠政策和指令性计划物资；还有的认为社会化是十分遥远的"天方夜谭"，缺乏应有的危机感和紧迫感。

五是交通、通信、仓储等流通设施落后。

大家认为，影响物资流通社会化的因素还有很多。但是，如果不首先消除以上制约因素，社会化就不会有实质性的进展。

三、推进物资流通社会化的现实途径

大家认为，对于物资流通社会化这样的发展目标，我们不应操之过急，但是，又不能无动于衷、无所作为。从长远来看，应当确定具体的发展目标，并规划好进军路线，一步步向着既定目标前进。就近期来讲，我们要从现有条件出发，积极寻找通向社会化的现实途径。根据论文和讨论的基本观点，我们把它归结为以下四条道路：

（一）完善市场机制，促进物资流通社会化

有的同志认为，完善的市场机制是流通社会化必不可少的基本条件。离

开了市场，社会化也就无从谈起。只有在完善生产资料市场的过程中，才能逐步实现物资流通的社会化和现代化。从这一基本思路出发，这位同志提出以下建议：一是把原来属于计划分配的资源一并纳入市场经营的范畴，促进社会主义统一市场的形成和正常发育；二是物资流通企业要实现产业化，在物资流通中能动地发挥积极作用；三是从经济体制上确立物资企业自主经营的地位，让企业在市场竞争中接受优胜劣汰的考验；四是政府一定要管好物价，尽快使"双轨""多轨"价格体系向"单轨"靠拢；五是物资流通对内应面向全国，对外要走向国际，逐步开发和利用好国内与国际两个市场。

（二）走集团化道路，壮大国营物资企业实力

物资企业集团化问题，是我们这个小组讨论的"热门话题"，也是与社会化密切相关的重要课题。同志们对以下意见达成共识：要想推进物资流通社会化，就必须壮大流通主体——国营物资企业的实力。壮大实力的途径可以有若干条，但就目前的环境条件来讲，走集团化的道路，通过调整组织结构形成合力、增强实力，就是一条无须额外投资且见效较快的路子。从外部环境来讲，多渠道流通竞争的加剧、生产企业产供销一体化势头的增强和双轨制价差的消失，客观上要求国营物资企业走集团化的路子。从物资部门内部来看，经历了罕见的市场波动以后，大家尝够了各自为政、互相拆台所带来的苦果。不少物资企业，特别是基层物资企业，要求联合的呼声日益强烈。可以说，国营物资企业实行集团化经营的"大气候"已经形成。

关于怎样实现集团化，同志们各抒己见，从不同角度描绘了大致的路径。有的同志设计出物资企业集团化的三种模式：一是按地区或专业组建半紧密型的购销联合体；二是组建以产销、人才和物资统一为特征，但又不同于改革前"条条管理"的物资总公司；三是组建或加入规范化的企业集团。

有的同志主张，物资企业集团应该是作为独立实体的物资企业在新的经济环境和经济运行机制下根据其经营活动的内在要求形成的新的企业组织形

式。它既不是改革前的"条条管理"的"复归",也不是改革中的"块块管理"的变种。那种认为把地市物资局改成总公司,把所属各专业公司作为下属分支机构就是物资企业集团化的理解,是一种误解。

还有些同志认为,组建物资企业集团虽然大方向正确,但不能急于求成,要防止不顾条件的一哄而起。他们还对物资企业集团的定义做了粗略的描述,即物资企业集团应具备以下基本特征:有具备投资中心功能的核心层;有参股、投股企业组成的紧密层和半紧密层;有以资产联结为纽带的经济利益联结;以物资流通为主,吸收生产、金融、运输等行业参加;有较强的实力和较大的经营规模,在经济区域内占有举足轻重的地位;等等。同志们强调,我们要推动物资企业集团化的进程,但又不能降低物资企业集团的标准,更不能换一个牌子就算作集团。从将来的发展趋向来看,既不需要,也不可能把所有物资企业都吸收到集团中去。这就如同超级商场和跳蚤市场长期并存一样,要允许多种企业形式的并存。在当前要注意总结和推广企业联合的好形式,使物资企业的联合逐步向固定化、规范化发展。

此外,有的同志还就地县级物资企业集团化、经济区域物资企业集团化和经济不发达的山老区物资企业集团化等问题做了深入探讨,并提出了可行性建议。

(三)发展物资配送,以服务手段迎接社会化的挑战

同志们普遍认为,国营物资企业能不能在社会化的进程中担当重任,不在于自身的主观愿望如何,而在于能不能为社会提供优质的服务。近年来,集体和个体物资经营单位发展较快,固然同他们采用了一些不正当的竞争手段有很大关系,但是我们也不得不承认,集体、个体物资经营单位周到细致、无微不至的服务确实是争取用户的有效手段,也是我们国营物资企业地盘日益缩小的重要原因。可以说,服务问题是关系到国营物资企业生死存亡的重大问题。同志们认为,从国营物资企业的优势来讲,物资配送就是提供

优质服务的一个重要手段。

有的同志认为，实行物资综合配送是实现物资社会化的主要途径。他据此分析了配运的含义及形式，提出了实现配送的步骤，并给出了发展配送的几点建议：一是把发展物资综合配运提到重要议事日程；二是加快物流基础设施建设；三是统筹规划，加快配送的步伐。

参加讨论的生产企业的同志，也从理论和实践相结合的角度提出了加工配送的问题，并希望物资部门予以配合。由此看来，物资配送业务只要搞好了，同样会受到生产企业的欢迎。

（四）深化改革，营造物资流通社会化的社会环境

同志们一致认为，既然物流社会化是面向全社会的事业，那么，就必须有一个好的社会环境。这个环境应当包括舆论环境、政策环境、体制环境和与之配套的其他各方面的条件。就物资部门本身来讲，应当通过各种方式，包括召开理论讨论会这样的方式，争取良好的环境和必要条件。然而，也不能坐等环境条件的改善，而应审时度势、积极进取，在物流社会化的进程中寻找新的发展机遇。

（原载于《华北地区第九次物资经济理论讨论会论文集》）

"小船"搏浪

（一九九一年八月一日）

如果把大型物资企业比作"万吨巨轮"的话，那么，仅有 10 名正式职工、1.5 万元流动资金的山西省忻州市物资供应站充其量不过是"一叶扁舟"。年轻的站长张喜伟驾驶着这样一只"小船"，在商品经济的汪洋大海中搏浪……

结网捕鱼

俗话说："离开大网，逮不住大鱼。"忻州市物资供应站这只"船"虽然不大，却编织了一张不小的"网"。

1990 年 4 月，该站成立之初，一缺资金，二无场地，经营"硬件"几乎等于"零"。但张站长更注重企业的知名度、信誉度和稳定的供销渠道这些"软件"的建设。在筹建资金十分紧张的情况下，他首先"抠"出 2000元广告费，用于在地、市两级报纸和电视台刊登、播放广告，还发出 700 余封业务联系函，就连新编电话号码簿上，供应站也不惜工本"亮了相"。

与此同时，张站长和供应站的一班人马不停蹄地走访用户，逐步编织自己的供销网络。短短几个月时间，他们就在外地开设了两个办事处，聘请了14 名专职业务员和 7 名兼职信息员，并在省内外建立起十几个进货和销售基地。正是凭着这样的网络，供应站在筹建当年就实现销售 341.5 万元、利润 8 万元，人均利税达 1.9 万元，这个小型物资企业的名气也越来越大。

浪里飞舟

张喜伟这位驾驶"小船"的"舵手"深知"大"与"小"的辩证关系。他认为，供应站虽然势单力薄，竞争中的劣势显而易见，但劣势中同样包含着船小好掉头的优势。只要充分把握和运用自身优势，"小船"照样能在"大船"不便活动或不敢活动的"水域"开辟出自己的生存空间。

公司小，资金少。资金问题常常使供应站这只"小船"搁浅。为此，张喜伟和他的伙伴们在巧用资金、加快周转上动脑筋、想办法。一次，有一笔供需双方相距 200 多公里的钢材生意，经副经理付建国勤联系、巧安排，10 万元货款在 24 小时内复位，62 吨钢材也在当天交付需方。就是这种高效率、快节奏的工作作风，使供应站在 5 月创造了定额流动资金平均 5 天周转一次的超高速。

在现实经济生活当中，"三角债"成了困扰企业的一大难题。去年 6 月，忻州市煤炭转化公司由于东北一家钢厂拖欠 50 万元焦炭款而陷入困境。市物资供应站主动上门服务，帮助钢厂推销产品，用所得货款解开了这笔"三角债"。按说，清理"三角债"并不是物资部门的服务范围，但张喜伟从这件事情中受到启发，反复运用"以产抵债、以债促销"的办法，帮助市内外 11 家企业清理了连环债务 100 多万元。

借船出海

忻州市物资供应站在"钻空子"、挤市场的同时，从当地实际出发，积极投靠大企业，借鸡生蛋，借船出海。针对能源重化工基地的产业结构，供应站把业务触角伸向煤矿，先后同古交、大同、轩岗、石豹沟、霍州等矿务局建立了业务关系，还在轩岗开设了办事处，在为煤矿服务的过程中，拓展了自身业务范围。忻州市物资供应站虽然牌子不大，但与不少大企业有良好的业务关系。供应站从帮助大企业解难题、办实事入手，取得了对方的信赖，争取到了107万元的代销钢材。与此同时，供应站还与省外厂家开展实体联营，设立了江苏省如东县钢丝绳专营部，双方联合经营，共同开拓本地市场。

风雨同舟

忻州市物资供应站之所以越战越勇，还在于"小船"上的人们结成了风雨同舟的命运共同体。这里没有"铁交椅"可坐，也没有"铁饭碗"可端。按照基本任务加费用包干的责任制，干得好，可以多劳多得，上不封顶；干不好，工资奖金递减，下不保底。只要有能力、肯卖力，临时工照样可以做一个部门的负责人。

这样的激励机制，在企业内部形成了良性循环。不论干部还是工人，不论正式工还是临时工，都不分节假日、不分上下班，甩开膀子抓业务、掰着指头算开支。遇有装卸车、出入库等劳动，大家都抢着上。经营部主任李金玉，原来是生产企业的采购员，调到供应站以后，凭借以往的关系和拼搏精神抓业务，一个人完成的销售额就达全站总数的三分之一。

兵不在多，而在精；船不在大，而在灵。山西省忻州市物资供应站这只"浪里飞舟"，必将在商品经济的海洋里劈波斩浪，扬帆远航。

（原载于《山西经济报》）

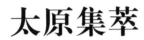

太原集萃

参与大流通

——侯马市物资局经营策略记

（一九九二年二月八日）

1991 年，当全省半数以上的县级物资部门的销售额徘徊在 1000 万元上下的时候，侯马市物资局的销售额已由 1989 年的 2910 万元上升到 1.07 亿元，它也成为我省第一家物资销售额超亿元的县级物资部门。侯马市物资局究竟施了什么"魔"法？

内破大锅饭

随着改革的一步步深入，物资部门的指令性计划大幅度缩减，端走了"现成饭"；生产企业自销，多渠道竞争，挤掉了"独份饭"；价格逐步并轨，又打破了"保险饭"。严峻的形势迫使企业投入市场找饭吃。然而，长期以来形成的人事、劳动和分配制度成为企业开拓经营的最大障碍。在市委、市政府的全力支持下，侯马市物资局从管理入手，对人事、劳动和分配制度进行了彻底改革。

在干部使用上，他们打破干部、工人、新人、老人以及年龄、性别的界限，搬掉"铁交椅"；在坚持德才兼备标准的前提下，实行经济指标"一票否决制"。搞得好的、贡献大的，一年之内可连升三级；搞得不好的、完不成经济指标的，就自动退下来，让能干的人上去。目前，该局所属 10 个公司的经理，都是从职工中选拔出来的业务骨干，平均年龄只有 36 岁。

在劳动分配上，不搞长官意志，而是双向选择。企业可以选择职工，职工也可以选择企业、选择岗位。不仅可以在公司内部调整岗位，也可以跨公司调动。对于确有特长的人员，局里可以另行安排。劳动制度的改革同时解决了"进人"的矛盾，凡调入人员必须经过半年试用期。试用期间，除按效益提成外，没有别的报酬；经过试用合格者，方能正式办理调动手续。有的人经试用不合格或自身适应不了这里紧张的工作环境，只好离开。

在分配制度上，实行以工资、奖金、费用联利包干为主要内容的分配办法。即每人每月除 40 元基本工资外，其余部分根据所创效益实行全额浮动制度。费用与利润挂钩，节约归己，超支不补；工资与效益联系，上不封顶，下不保底。这样将职工的权利、责任和利益紧紧地捆在了一起，使经营核算由事后核算变为事前核算，细化并强化了管理，充分激发了职工的积极性。

为了广开"才"源，侯马市物资局通过新闻媒介发布"招贤榜"，设置"伯乐奖"。明确规定："凡对推荐人才做出重大贡献的，都可得到相当于本人一年基本工资的奖励。"两年来，该局采用多种办法，从社会上调入 12 人，分配大中专毕业生 15 人。这些人才的充实，为侯马市物资局在流通领域的崛起奠定了坚实的基础。

外闯大市场

侯马，曾为晋国古都。由于其优越的地理位置和便利的交通条件，自春秋以来，这里就成了客商云集、货如轮转的繁盛之地，有"旱码头"之称。进入 20 世纪 80 年代，"旱码头"重放异彩，"新田大市场"名闻遐迩，业务活动扩展到 16 个省份。在这个仅有 17 万人口、年工业总产值不足 3 亿元的县级市，不说别的，单就物资企业而言，就有 19 家中央、省、地、市属国营公司，加上集体和个体经营单位，物资经营部门多达 70 余户。

面对多元化的流通新格局和日益激烈的竞争，以陈继烈为首的一班人不愧是精明的决策者，他们善于在劣势当中看优势，在困境当中找出路，基于"立足侯马，面向全国，参与大流通，开拓大市场"的经营战略，公司以上领导走出去，进行社会调查，捕捉市场信息，寻找合作伙伴。该局所属企业先后在北京、天津、西安、兰州、广州、海口等地设立了 15 个办事机构和业务联络点。通过这些"窗口"，侯马市物资局不仅可随时了解各地的供求信息，而且同 600 多家生产企业和 400 多家用户保持了固定协作关系，形成了以进货和销售为核心的国内业务网络。同时，依托经贸部门的进出口业务网络，借助金融部门的资金融通网络，侯马市物资局把买卖做到了 24 个省、市、自治区。1991 年，侯马市物资局仅市外销售额就占到总销售额的 85% 左右，省外销售额占比达到 50% 以上。

在物资部门还没有进出口权的情况下，侯马市物资局积极疏通外贸渠道，借船出海，主动派员入驻经贸部门，提供无偿服务，在口岸设办事处，积极参加广交会等国际展会，终于挤进了外贸领域，多次成功地组织了外贸部门交给的出口业务，业务活动发展到新加坡、南朝鲜、法国以及中国香港、澳门、台湾等 6 地。1991 年，全局完成的出口额占总业务量的三分之一，出口物资有生铁、焦炭、铸件、硅铁和硅锰合金等 10 多个品种。

巧妇难为无米之炊

随着国内业务网络的健全，侯马市物资局的买卖越做越大，但资金占用规模并没有扩大，自有流动资金不足 30 万元，银行贷款也始终保持在 300 万元左右。其成功之关键就在于严守信用、巧融资金，赢得经营伙伴的高度信任，以小资金做出了大生意，甚至无须占用资金也搞活了业务。

商物分流，远购远销。物贸中心是以外向型业务为主的企业，自身不设仓库，不留库存，货物由生产厂家直接经公路或铁路运输到港口，实现直线流转。货款结算采用外贸对中心、中心对厂家的方式。物资中心在整个经营活动中仅支付少量管理费用即可完成较大规模的物资周转。

融资租赁，承包采购。1990 年年初，机电公司捕捉到中国银行某下属单位采用融资租赁方式投资的信息后，抓住银行缺乏专业物资采购的特点，主动上门联系，帮助考察选点，终于以最低报价、最优服务，取得投资方和需方的信赖，承包了价值570 万元的物资采购业务，闯出了一条不用注入资金成交大额业务的有效途径。

预收货款，经销订购。侯马市物资局打破传统的购进—库存—销售—资金复位的模式，以市场为导向，把销售作为经营活动的起点，先联系好用户、预收部分货款，然后送货结算，避免了库存积压，减少了资金占用。此类办法在汽车配件、轮胎等业务中得到广泛使用。

代购代销，滚动销售。对于一些平销、滞销物资或关系较好的供货单位，采取代购代销的方式，进回一批，销售一批，结算一批。销了进，进了销，连续滚动，实现了"不用资金做生意"。例如，机电公司 300 万元的库存当中，代销物资就占到70% 以上。

批量购货，定额付款。例如，汽车配件公司一次购进价值 30 万元的轮胎，当时就和厂家议定：每月支付 1 万元定额，从而取得了占用外来资金的间隔期。由于没有利息支出，售价还可以降低 5%，低于当地市场价，从而吸引了用户，加快了销售速度，及时回笼了货款，做活了买卖。

侯马市物资局在销售突破亿元大关的同时，企业实力也明显增强。所属公司由 1989 年的 5 个发展到10 个，经营网点增加了 25 个，占地面积扩大了3.7 万平方米，新增固定资产 200 万元。

1991 年 11 月 4 日，物资部部长柳随年在听取了侯马市物资局局长陈继烈的工作汇报后高度评价侯马经验，并表示深受启发。为此，柳随年部长为该局题赠了"崛起"两个大字。

同年 12 月 8 日，吴俊洲副省长专程从太原赶来，出席了这个县级物资局的工作年会，希望他们百尺竿头，更进一步，拼搏进取，争创一流。在总结过去一年工作的基础上，侯马市物资局提出 1992 年实现销售 2 亿元的奋斗目标。2 亿元意味着在 1991 年的基础上翻一番，能行吗？从侯马市物资局当前的发展势头来看，相信他们会成功，他们有能力获得成功。

（原载于《山西日报》，与《山西日报》记者张文记合写）

突出改革宣传，发展流通产业

——《山西物资报》发刊词

（一九九二年五月一日）

伴着改革的春风，踩着"五一"的鼓点，《山西物资报》同大家见面了。她的创刊，不仅是全省物资工作者的一件大事，也是深化改革、搞活流通的一项重要成果。

物资流通作为国民经济中的先导性产业，可以带动生产的发展，进而促进国民经济质量的提高。尤其是在全面改革的新形势下，地处内陆的山西物资流通行业迫切需要加快发展的步伐。《山西物资报》正是在这样的背景下应运而生，其目的就是强化流通宣传，营造重视流通、发展流通的舆论环境。

《山西物资报》不仅要为各级物资流通企业服务，而且要为工矿企业、基建工程、工业部门供销企业以及社会各界从事物资管理、教学、科研的朋友们服务。《山西物资报》将立足山西、面向全国，致力于宣传党和国家有关物资流通的方针政策，交流物资工作经验，展现物资职工的精神风貌，分析研究市场趋势，传播经济信息，为供需双方牵线搭桥。同时，要宣传山西、介绍山西，推动山西物资行业走出娘子关，参加全国乃至世界经济贸易大循环。

当前，全省物资系统的广大职工正在以小平同志的重要谈话为指引，为深化改革、发展流通而顽强拼搏。新生的《山西物资报》将顺应形势、突出宣传改革、反映职工心声，为发展山西流通产业鸣锣开道。

（《山西物资报》于 1992 年 5 月 1 日创刊，至 1997 年 12 月 28 日共出刊 496 期，形成 11 期合订本，本人任执行总编）

全国首座物资城在太原开门迎客

（一九九二年十一月十八日）

山西省委书记王茂林、代省长胡富国亲自迎来第一批客商。

全国首家物资城 9 日在太原开门迎客。这座由山西省物资厅、山西省工商行政管理局、山西省税务局联合主办的物资城位于山西省会太原市。首批 5 省市的 120 余家生产流通企业已经进驻经营，山西省最大的生产资料集散中心由此形成。

地处内陆的山西省是全国重要的能源重化工基地，但流通不畅、市场发育滞后成为影响经济上台阶的关键因素。5 月底，省委书记王茂林给省物资厅厅长写信，要求在太原建立大型生产资料市场。在省委、省政府领导的支持下，山西省各有关部门通力合作，仅用 3 个月的时间就在一片废墟上建起了这座物资城。

物资城东西长 1.25 千米，总占地面积 5 万平方米，集贸易洽谈、生活服务、信息交流于一体。物资城的经营范围，除覆盖整个物资行业外，还向生活资料、饮食服务等多领域扩展。物资、工商、税务、物价、公安等部门联合进驻，实施管理服务。进驻企业均可享受特殊优惠政策。由于物资城适应了社会主义市场经济发展的需要，首期工程竣工的经营场地不到几天即出租一空。

11 月 9 日上午，物资城暨山西省物资中心隆重开业，全国 20 省市的 500 位来宾前往祝贺。中共山西省委书记王茂林、代省长胡富国及省市领导出席开业典礼。

山西有了个物资城

物资城坐落在五一广场以南，位于并州南路与坞城北路连接处。拱形城门矗立在西区东口，宛如一道彩虹，又像一座桥梁，托起"物资城"三个大字。进入城门，迎面是一组雕塑：两双巨手撑起一个齿轮环绕的地球。这是否寓意着超越国界的物流？抑或是指物资职工的力量可以扭转乾坤？

绕过雕塑，通体玻璃幕墙装饰的交易厅雄踞城头。这是由省机电设备总公司长风公司设立的机电汽车专业市场，包括一座交易大厅和两个自选市场。汽车自选市场设在大厅的后面，10余个品种的数十辆汽车可供挑选。

交易大厅和汽车自选市场两侧，各有环城道路贯通，五组经营商房背靠背排列在道路两旁。笔者信步走进一家商房，热情的主人告诉笔者，这里暖气、上水、下水、照明、电话等设施都已接通；商房租金低于市内繁华地带，又有一些优惠政策可以享受，是较为理想的经营场所。

物资城西区尽头是山西省旧机动车辆交易市场。市场的面积抵得上一个标准足球场。

一位进驻物资城、不愿透露姓名的研究生告诉笔者，他与人合租了一个商店，准备搞建材生意。他坦言："如果不成功，那就算交点学费；如果能闯出一条路子来，就准备扔掉'铁饭碗'。"

绕城一周之后，笔者跨进了市场管理办公室。这里的办公用具还没有完全就位，但办公室的同志已开始接待客商。只见前来办事的人进进出出，办公桌上的电话不时响起。这个办公室由物资、工商、税务、物价、公安等部门派员组成，所有"入城"手续可一次办妥。

（原载于《中国物资报》）

物流龙抬头

——省物资厅直属企业转换经营机制综述

（一九九三年五月十三日）

自去年邓小平南方谈话发表以来，神州大地再度掀起改革大潮。被称为山西物资系统"龙头企业"的省物资厅直属企业，成功地上演了一幕群"龙"闹"海"的改革活剧。

"龙头"沉浮

省物资厅直属的 14 家大中型物资企业，固定资产和流动资金分别占全省物资系统的 1/4 和 1/2，人们习惯上把这些企业称作"龙头企业"。在计划经济时期，全省 1/3 的指令性计划物资要经过"龙头企业"之手。在物资销售总额中，"皇粮"占比高达 80％以上。各级物资部门充其量不过是政府机关属下的一个仓库，凭指标购进，按条子发出。

随着改革开放的进一步深入，"龙头企业"的日子越来越不好过。首先是"皇粮"减少，指令性计划物资占比降到不足销售总额的 20％，而且是"分到订不到，订到拿不到"，"皇粮"的含"金"量越来越低。其次是各个部门、各个行业、各种所有制物资经营单位如雨后春笋般"冒"了出来，与"龙头企业"争饭吃。

物资流通格局的改变，给"龙头企业"打了一闷棍，越是吃"皇粮"多的公司就越是不知所措。到 1991 年，"龙头企业"不仅出现了负增长，还形成两家亏损大户，同时也拉大了与全国同行业的差距，使其在省内众多的"龙身""龙尾"企业面前抬不起头来。

放"龙"归"海"

面对激烈的市场竞争，"龙头企业"向何处去？省物资厅领导深刻认识到，"龙头企业"之所以困难重重，其根本原因是脱离了"市场经济"这片大海。一旦失去"皇粮"，就手忙脚乱、不知所措。要想使"龙头企业"重新焕发生机，唯一的出路是转换经营机制，将企业彻底推向市场。

基于这一指导思想，1992 年年初，省物资厅在认真总结推广侯马市物资局经验的基础上，推出了一系列转换机制、放"龙"归"海"的政策和措施：

——放权加责。按照有关法律的规定，把属于企业的权力不折不扣地放下去，同时规定到年底经济指标不达 80% 的经理即行解聘。厅机关行政首长和企业法定代表人签署了《目标责任书》，进一步压实责任。

——费用包干。主管机关对企业实行费用率总承包，允许企业留用节余的费用，超支部分由企业自付。

——推出《转换内部经营机制的实施意见》，明确提出对内抓好人事、劳动、分配三项制度的改革，对外走大流通、大市场、大买卖的路子。与此同时，调整了三个厅属企业的领导班子，其中一位县级物资局局长直接被提拔为省金属公司总经理。

转换经营机制的一系列政策和措施的相继出台，将"龙头企业"推向市场经济这片汪洋大海中去锻炼、去竞争。

群"龙"闹"海"

企业一旦走向市场，就不得不按照市场的运行规律来调整自己的观念、方法和作风。

——按照市场的需要设置机构。省金属材料总公司曾经做出这样一条规定：凡销售不达 3000 万元、利润不达 30 万元的经营科室即行解散，科室主任（经理）自动解聘。他们的理由很简单，达不到一定的经营规模，说明市场不需要这个部门。根据市场需要，1992 年，省直属物资企业先后精简合并了 20 个科室，新增了 50 多个物资经营部门，有 300 多名管理、后勤人员下"海"充实一线。

——按照市场的要求选用人才。各公司普遍推行干部聘任制和劳动合同制，实行人员双向选择、合理流动。省建材总公司先后调整了 53 人的工作岗位，有的公司还公开登报招贤纳士。无论干部还是工人，也不管是本地人还是外地人，只要有能力，能开拓市场、创造效益，就会被推到关键岗位上。反之，如果在市场经济中无能为力、无所作为，那就只能让开位子。

——按照市场天平决定职工报酬。在省厅确定的总原则下，各公司分别采取了效益费用、挂钩包干、岗位结构工资等全新的分配办法。根据职工经营成果的大小确定职工收入的高低，有的职工一年的收入相当于过去三到五年工资的总和；一些开拓市场的有功之臣，不仅出有车、入有机（电话），而且随身挎着"大哥大"（手提电话），即使收入低的职工，收入也比往年增加了 40% 以上。

——按照市场规律开拓市场。过去，"龙头企业"的资源靠行政命令调拨。如今，他们失去了这根拐杖，必须靠企业自身在市场经济的汪洋大海中搏击风浪、锻炼成长。山西东风汽车联营经销公司、太原大同邯郸水泥集团、全省民爆产品联营公司、上海回力轮胎销售公司等一大批联营公司、总经销、总代理的牌子纷纷挂了出来，以利益为纽带联结起来的新型供需关系正在按照市场经济的规律重新组合。许多物资企业冲破行业壁垒，拓宽经营门路，市场需要什么就干什么，能干什么就干什么，什么赚钱就干什么。有的物资企业已经涉足煤炭运销、油料油品、农业生产资料、运输、装潢、房地产开发、饮食、商业等领域，还有的兴办实业，向第二产业延伸。

巨"龙"抬头

市场经济的广阔天地，为"龙头企业"腾飞提供了无限可能。1992 年，省直物资企业销售额达 20.6 亿元，实现利润 1912.1 万元，分别比 1991 年增长了 59.35% 和 158.9%，大大超过了全省、全国物资系统的平均增长幅度。

"龙头企业"下海，得到的不仅仅是经济效益的回升，更重要的是转变了人的观念，在市场经济的风雨中，一批人才得到了锻炼和成长。某公司一位老大学生，长期从事管理工作，当他提出下"海"时，许多人表示担心，甚至怀疑他的能力。然而，到了年底，这位同志交出了一份令人满意的答卷。当然，也有一些初涉"商海"的人喝了几口"咸水"，但这些经历将使他们终生受用。

群"龙"闹"海"，由此产生的观念碰撞，形成无法估量的冲击波，人们开始用新的眼光来看待世界、看待工作。"时间就是金钱，效益就是生命"成了人们指导自己行为的准则。1992 年夏天，物资再生利用总公司组织干部职工上五台山旅游。如果在往年，人们决不肯放弃这难得的机会。而那一年情况不同，几个业务科室的同志生怕耽误了生意，硬是没有去。还有一位姑娘，过去到了上班时间还在家，而现在还不到上班时间就急着往办公室赶。她的离休父亲感到纳闷，她解释道："过去是给领导干，干好干坏与自己关系不大，现在是给自己干，干好了才能多拿，干不好就拿不上了。"

职工的观念在变，老总们的观念也在变。过去，他们习惯于把自己关在"娘子关"内，津津乐道于步子不大年年走。如今，走出"娘子关"，参与市场经济，使他们开阔了思路，拓宽了视野，在全国同行业中找到了自己的位置。过去，在计划经济的束缚中，他们成天围着购销存调打转。现在，在市场经济的汪洋大海中，他们不仅谈生意、做买卖，还大谈期货、股票，甚至关注关贸总协定。

"龙头企业"终于昂起了头。

（原载于《山西日报》）

《山西物资画册》致辞

（一九九三年十月）

1953 年 11 月山西省人民政府物资供应局成立以来，在中共山西省委、山西省人民政府的领导下，山西物资流通产业开启了从小到大、由弱变强的发展过程。

40 年来，随着国家政治经济形势的变化，物资管理体制多次变革，物资供应政策也多次调整。广大物资工作者秉持从生产出发、为生产服务的宗旨，为社会主义革命和建设事业做出了不可磨灭的贡献，为山西物资流通产业的发展奠定了坚实的基础。

中国共产党十一届三中全会召开后，广大物资工作者锐意进取、顽强拼搏，山西物资流通产业在社会主义市场经济的进程中获得空前发展。由 672 家物资企业、1710 个经营网点、近三万名职工组成的遍布城乡、辐射省外的物资流通体系已初步形成。该体系拥有 520 万平方米的仓储面积、30 公里的铁路专用线和近千台起重装卸设备，资本金总额已达 7.5 亿元。其中，以国家级、省级先进企业，地级、县级超亿元企业为代表的一大批明星企业在社会主义市场经济中大显身手。从 1979 年到 1992 年，全省物资系统销售总额累计达到 478 亿元，利润净额为 9.35 亿元，上缴税利达 9 亿元；其间，累计向社会供应钢材 975 万吨、木材 1700 万立方米、水泥 1200 万吨、载重汽车 13.5 万辆，有力地支持了社会经济的持续发展。

随着社会化大生产的发展，物资流通在国民经济中的地位和作用越来越重要。其在社会再生产中发挥的联结作用，对生产、分配、消费的调节作用，以及在优化资源配置、促进经济质量提升方面的先导作用，正逐渐得到社会各界的认同。

山西省物资部门紧紧围绕能源重化工基地建设开展工作，有力地发挥了物资流通的多重作用。通过集资联营、投资开发、总代理、总经销等形式，在全国29个省份建立了资源基地；依照产业结构调整的要求，14年间配套承包供应国家和省重点工程项目59个，其中已有35个建成投产。目前，山西省已构建起以省城生产资料一条街——物资城为中心，涵盖90个综合或专业性物资贸易中心（生资市场）和众多经营网点的销售网络，实现了全省覆盖。东起山东威海，西到新疆阿拉山口，北起内蒙古满洲里，南到海南省的广大地区都有山西物资部门的窗口，一些物资企业的经营业务已跨出国门，拓展至国际市场。此外，山西省各级物资部门在推销地方企业产品，为生产提供信息指导，帮助企业解开三角债，开展流通加工以促进资源节约利用和有效利用，以及扶贫救灾、捐资助学等方面均有所建树。

为了反映山西物资流通产业的发展状况，激励一代又一代物资职工为物资流通产业的发展而不懈奋斗，特编印了这本画册。《山西物资画册》搜集了山西物资流通产业创业历程与改革发展过程中的资料；报道了自身实力和对社会所做的贡献；讴歌了物资职工的多彩生活；介绍了地方和企业物资流通领域的最新成果。作为40年来第一部全面展现山西物资流通产业风貌的画册，它宛如一幅壮丽的画卷。

当前，山西物资流通产业正处于改革发展的重要时期，我们将以中共十四大精神为指引，紧紧围绕能源重化工基地建设和兴晋富民的需要，坚定不移地走集团化、实体化、社会化、国际化的路子，把山西物资流通产业推向新的发展阶段，为山西经济社会的繁荣做出新的更大贡献。

"滚"出来的轮胎市场

——山西省侯马市化轻公司纪事

（一九九四年二月九日）

一个小小的侯马市化轻公司，竟在晋陕豫三省交界地区 33 个县市发展了 190 个经营网点。1995 年，公司轮胎销售量突破 5 万套，轮胎销售、利润占全公司总额的 90% 以上，成为全市财贸系统的利润大户。用经理郭信的话来讲，就是"滚"出了一个轮胎市场。

过去，侯马市化轻公司也同其他化轻公司一样，麻雀虽小，五脏俱全。在经营上既抓火工、塑料，又抓轮胎、橡胶，大公司的东西，他们都有一点儿，但没有一项形成特色。1990 年 10 月，年轻的郭信挑起了公司经理的担子。郭信和他的伙伴们通过市场调查后认为，对于一个小公司来讲，不能眉毛胡子一把抓，只有放弃一部分，才能抓住一部分。于是，他们根据当地车辆多、轮胎消耗大的特点，把主要精力投入轮胎经营上。

首先，他们在重点厂家中寻求突破，尽快形成规模效应。在选择联销代理对象时也没有全面铺开，而是根据自身实力和厂家生产情况，每年集中力量打开一个厂家。由于资金集中使用，小公司也能形成大规模，从而取得了厂家的信任。在此基础上，经过四年奋斗，他们先后在东北、西北、华东等地建立了 4 个稳固的资源基地，形成了联销、代销、特约经销关系，平均每周都有两车皮轮胎到货。

其次，在市场建设上，他们以侯马市为圆心，不断向周边县市扩散，一点一点地"滚占"市场。在经营网点的选择上，他们同样不拘一格，只要有实力且货到能付款的，化轻公司就同对方打交道。在190个网点中，个体轮胎销售点就占了70%以上。

最后，在服务质量上狠下功夫。一是品种齐全。侯马市化轻公司常常备有50多个规格的大小轮胎，以保证用户需要。二是送货上门。不论什么时候，用户只要一个电话，公司保证送货上门，送货率占总销售量的80%以上。三是特事特办，不让用户为难。一次，河南的一位客户车坏在了路上，急需一套特殊规格的轮胎。在找了几家经销单位无货的情况下，客户来到侯马市化轻公司。当时，营业人员已经下班了，客户身上又没有带钱。公司领导就留下客户证件，先送去一套轮胎。事后，这位客户逢人便讲："买轮胎还是找侯马化轻好！"

（原载于《中国物资报》）

平平淡淡见精神

——记山西省物资厅厅长李健民

（一九九四年三月二十日）

从 1991 年到 1993 年，山西省物资系统以其辉煌的业绩载入史册。物资销售收入由 58 亿元增长到 85 亿元，再到 123 亿元；实现利润由 6300 万元增长到 8600 万元，再到 1.3 亿元；销售亿元县由零突破到 6 个，再到 9 个；省物资厅连续 3 年被省政府授予"完成工作目标责任制优秀单位"光荣称号……

山西省物资系统 3 年迈了 3 大步，上了 3 个大台阶，全省 3 万名物资职工功不可没，但不得不提及指挥这场"战役"的"主帅"——山西省物资厅厅长李健民。

1990 年 11 月，干了 27 年物资工作的李健民成为山西省物资厅厅长。

当时，物资流通行业正面临转轨变型的关键时期。资源由统购包销变为市场调节；销售由分配调拨变为放开经营；市场由"一统天下"变为群雄并起。习惯了计划经济体制的物资企业一时间变得手足无措，再加上从 1989 年下半年开始的市场疲软，不少物资企业陷入了困境。

正当全省大部分物资企业还在徘徊观望的时候，侯马市物资局"一枝红杏出墙来"。对内，他们大胆推行劳动、人事、分配三项制度改革，逐步形成人员能进能出、干部能上能下、分配能多能少的激励机制；对外，他们立足侯马，面向全国，走向世界，以大流通、大市场、大买卖为方向调整经营策略，一举创出全省首家销售亿元的县级物资单位。

李健民抓住这一典型，三下侯马调查研究，出谋划策。在她的建议下，省物资厅派出调查组，总结了侯马市物资局"内抓三项改革、外走三大路子"的经验，并在全省物资系统推广，奏响了物资系统改革的主旋律。

省物资厅直属的 14 家大中型企业，固定资产和流动资金分别占全省系统的四分之一和二分之一，人们习惯上把这些大公司称作"龙头企业"。在计划经济体制下，"龙头企业"无须下海。然而，当市场经济的大潮汹涌而来时，晾在岸边的"龙头企业"日子越过越艰难。

李健民彻夜难眠，她在思考"放龙归海"的改革措施。最终，她提出以下三项措施：一是放权加责。同所属企业签订《目标责任书》，一方面把属于企业的权利放下去，另一方面把企业的经济责任定下来。二是费用包干。对企业实行费用率总承包，结余自用，超支不补。三是推行三项制度改革。省直物资企业共精减合并不适应市场需要的科室 20 个，新增面向市场的经营部门 50 多个，300 余名管理、后勤人员下了"海"，充实到市场一线。

就在这一年，"龙头企业"以实现利润净增 188% 的发展速度昂起了头；县级物资销售亿元县也由上年的一枝独秀发展到六花争艳。

一个女同志领导着一个厅局级经济工作部门，在全省屈指可数，在全国同行业中也不多见，而且在短短 3 年间迈出三大步。不少人都说："李健民有本事，不简单。"听到这样的议论，李健民笑了："不是我有多大本事，而是我们有一批干事业的人才，有一个干事业的环境。"在物资厅，用人不搞论资排辈。这里有从县物资局（科级单位）一跃提拔到省直物资企业（县处级）担任总经理的例子；三十几岁当经理、二十几岁当科长的例子屡见不鲜；外单位调入的专业人才，一步到位，委以重任；对做出突出贡献的人才，敢于重奖。

李健民在山西物资部门一干就是 30 年，老同学、老部下、老熟人俯拾皆是。但在用人问题上，她常说："不能拿感情代替政策，不能因为个人关系而毁了一个企业。"近两年来，有几位大家公认的同李健民私交不错的经理照样被搬掉了"铁交椅"。

在工作上，李健民从不满足。尽管经常加班加点，她仍然感到有干不完的事情。但在生活上，她又是一个极易满足的人。

她的那一件外套，已记不清穿了几个秋冬。到过她家的人都知道，除了一台彩电，再也看不到什么现代化的陈设，更不要说居室装潢了。由于工作忙，挂面、方便面成为她全家的家常便饭。

前几年，她的小女儿考重点中学。学校领导把她叫去，提出解决一些平价钢材，就可以免去孩子的学费。在一般人看来，掌握全省物资大权的人，给学校批点材料还不是小菜一碟。然而，李健民没有这样办，而是默默地掏了自己的腰包。

李健民常说："我一个农家的孩子，党把我培养成大学生、党员，又把一个厅局级单位交给我，我只有努力为党工作的权利，而不能利用手中的职权去为个人谋求好处。"李健民就是这样一位语不惊人、貌不出众的平常人。于平淡中，我们看到的是一个锐意改革、善于用人、清正廉洁的党的领导干部的形象。

（原载于《山西妇女报》）

小小轴承"大气候"

——太原市机电设备总公司轴承公司纪事

（一九九四年九月二十八日）

今年，对于物资行业来说真是个多灾之年：卖钢材，赔钱；卖木材，赔钱；卖汽车，也几乎赚不了钱。然而，太原市机电设备总公司轴承公司（简称轴承公司）却依靠小小的轴承成了"大气候"。到 8 月底，这家公司已实现纯利润 100 万元，总公司给他们下的全年任务才 50 万元。也就是说，在多灾之年，他们用 8 个月时间打下两年的"粮食"。因此，轴承公司不仅在总公司，在全市物资系统，而且在全省同行业中也名声大振。

小小轴承，何以成了"大气候"？用经理任壮的话来说，靠的就是"三碗饭"：市场饭、辛苦饭和服务饭。

市场饭：一粒米也不能丢

搞轴承生意，如同开"中药铺"，品种多而配套性强。光常用品种规格就达 2000 多个。如果有一次缺少一味"药"，就有可能丢掉一家潜在的用户。因此，任经理常常对他的同事们说："吃市场这碗饭，一个米粒也不能丢。"

为了保持货品全的优势，他们加入了全国轴承营销联合体，成为哈尔滨轴承厂的总代理、洛阳轴承厂的特约经销处。他们还经常关注市内几家大企业的库存情况，以便随时利用社会库存。凡用户提出要货，仓库能解决的就立刻解决；仓库暂缺的，就通过市内资源和全国网络给予调剂；如有加工定制的特殊需要，他们还会联系固定厂家。

久而久之，他们创出了专业化、系列化的经营特色，固定客户发展到100 余家，还吸引了一些外省客户，形成了比较稳固的营销网络。即使在市场转冷时期，轴承公司也保持了一定的市场占有率。

辛苦饭：再难也得往下咽

提起"辛苦"二字，任壮和他的同事们讲了一个又一个故事：

今年春节前几天，人们都在忙着准备过年，长治微电机厂急需 1000 套轴承，公司二话没说，立即派人用两天时间从北京"背"了回来。

今年 3 月的一天，上午 10 点，阳泉市机电公司打来电话，要求下午 5点前送一箱轴承。公司汽车司机领命出发，按时送到，回来时已是第二天凌晨 2 点了。

今年盛夏的一天，煤机厂一台价值 200 万元的设备即将出厂，急需 6 盘配套轴承。然而，这种规格的轴承远在湖北黄石市。公司一方面通知生产厂家将货物送到武汉机场，一方面派人前往武汉机场取货，不到 24 小时就解决了厂家的难题。

据不完全统计，仅今年上半年，轴承公司职工上门服务、下厂送货就达30 余次，送货金额达 100 余万元。

服务饭：赔钱也得吃

不求盈利多，但求服务好。这是轴承公司的一项服务准则。为了赢得用户的心，他们干了不少"傻事"。

前面提到的空运轴承，营业额还不到 1000 元，而旅差费就花去 3000 多元。但只要用户需要，赔钱的买卖他们也干，分外的事他们也干。外省一些轴承厂欠省内冶金企业钢材款，轴承公司就拿回轴承帮助推销，销后再归还钢材款。通过这种方式，他们已帮助厂家解开 37.5 万元的债务链。还有一些企业多年积压一批因产品改型而无法使用的轴承，轴承公司就主动拿上适用的轴承去换回厂家的积压货，帮助厂家盘活资金 40 余万元。

几年来，轴承公司贴钱、流汗为用户办了多少事，他们自己也数不清、说不全，但用户心中有数。一次，首钢打来电话要一盘特殊规格的轴承，公司连夜派人送到现场。不久后，首钢给他们送来了数千元的订单。

轴承公司凭着辛苦、凭着服务，在市场上站稳了脚跟。

（原载于《中国物资报》，此文曾获中国产业报好新闻二等奖）

喜看大同"龙虎斗"

（一九九四年十一月二十一日）

山西省大同市自古是兵家必争之地。如今，大同市第一物资集团总公司（简称"大一"）和大同市第二物资集团总公司（简称"大二"）在市场经济的商海中展开竞赛，宛如龙争虎斗。

"看人家如何如何"，简直成了两个集团总公司总经理对下属讲话时的"口头禅"，各下属公司也总把对方对口企业作为比学赶超的对象。

"大一"木材采煤、运煤得了利，"大二"木材干脆把货场办成集煤站、销售煤矿的顶债煤，以归还欠坑木款。"大一"金属在朔州设点不久，"大二"有色的点也设到了朔州。"大二"旗下的汽车贸易中心另辟蹊径，搞大吨位载重车成了"大气候"。"大一"机电公司在摩托车上动脑筋，仅上半年就销售摩托车 1000 多辆。

今年 5 月，"大二"汽车交易市场在市中心设点，直指"大一"心脏地带，市政府发文规定，旧机动车过户必须有两个交易市场其中之一的发票，"大一"在旧机动车交易中的垄断地位开始动摇。"大二"汽车交易市场突发奇想，竟在负责办理过户手续的市车管所旁边设了点，以便"近水楼台先得月"。既然"大二"能新车旧车一起交易，"大一"也开办了新车交易业务。这样一来，"大二"把手伸进了市区，"大一"也把脚插至乡下。

今年上半年，"大一"成交旧车 700 余辆。5 月 18 日才成立的"大二"

汽车交易市场到 10 月底已成交新旧汽车 200 余辆，盈利达 11 万元。他们还南下太原，东入京城，寻找旧车资源，生意日渐红火。

除汽车市场外，"大二"今年还进军大同市区，开办了钢材、建材两个市场，抢占市场份额，均取得了佳绩。"大一"在市场建设上后来居上，注重规模和档次。10 月 20 日，经过短短 5 个月的建设，占地超过 100 亩、配有电子显示屏等现代化设施、功能齐全且实现一站式配套的"大同市生产资料交易市场"建成开张。

"大一""大二"两个物资集团的竞争推动了双方的发展，双双获得了好效益。就在全省同行业大面积亏损的大背景下，大同市的这两家集团双双盈利。有意思的是，截至 10 月底，"大一"和"大二"在全省物资系统实现利润排名中，恰恰位列第一和第二名。

正如山西省物资厅厅长李健民所言："竞争出水平，增效益，促发展。"

（原载于《中国物资报》）

省级行业报的五大难题

——兼谈《山西物资报》的相应对策

（一九九五年八月二十五日）

在报刊林立、信息爆炸的当今社会，要想办好一份报纸确实不易；而要办好一份读者范围相对狭小的行业报难度就更大了。结合《山西物资报》3年多的实践，我认为，办好行业报至少有以下五难。

一、行业性与社会性

行业性既是行业报安身立命的根本，也是它发展壮大的制约因素，一份省级行业报尤其如此。省级行业报面对全省的某一行业，读者范围相对狭小、报道内容相对贫乏、出版周期一般较长。想在这样的条件限制下求得生存发展绝非易事。《山西物资报》自 1992 年 5 月创刊以来，做了一些有益的探索。

一方面立足"山西"、突出"物资"，紧紧把握行业性。作为一份省级行业报，搞重大社会政治新闻肯定比不过社会性的报纸，但在本行业内部，《山西物资报》拥有独特优势。自创刊以来，《山西物资报》坚持行业特色，写身边人、报身边事，抓住本行业读者普遍关心的难点热点问题展开深入报道，在本行业的影响越来越大。有的基层物资部门的领导和职工反映，不管有多少种报纸，首先看的是《山西物资报》。《山西物资报》在行业内的普及率超过了任何一种社会性的报纸。

另一方面向相关业渗透，向省外延伸，寻找行业性与社会性的结合点。社会各行各业都有明确分工又都有某种联系，这就为行业报在与社会接轨的同时扩大自己的辐射范围提供了可能。例如，开办了免费供求信息专版，吸引了外省同行和省内生产企业。在报道内容上，以物资经营为主，兼顾物资生产、使用、市场、消费等各个方面。这样就在坚持办报宗旨、体现行业特色的同时，在一定程度上以行业性之长弥补了社会性之短。

二、领导意图与读者需要

一份行业报无疑要体现行业主管机关的领导意图。如果离开领导意图另搞一套，肯定得不到领导的重视与支持，对于势单力薄的省级行业报来讲，离开行业领导的支持简直寸步难行。然而，一份报纸最终是办给广大读者看的，只有领导意图而不考虑读者需要，读者就不会买账。这几年，《山西物资报》摸索了一些较为可行的方法。

首先是吃透"两头"。这就是既摸清领导的意图，又摸清读者的需要，并在此基础上找好结合点。其次是发挥好桥梁纽带作用。把领导意图和读者需要通过报纸反映出来，起到上情下达、下情上达的作用。最后是运用恰当的表现形式。《山西物资报》对领导意图的表现并不采取照登讲话全文的形式，只是在每年的几个关键时刻适当摘登领导讲话的要点，更多地采用访谈录、通讯、特写、评论等读者喜闻乐见的表现形式；同时，通过采访调查把读者关心的问题、基层单位创造的典型经验反映出来。

三、强化服务与经营创收

一份省级行业报，要想在经济上完全独立是很困难的，而全部依靠主办单位的资助也不是长久之计。要想求得生存发展就要卓有成效地开展经营创收活动，而开展创收活动必须以强化服务为前提。几年来，《山西物资报》通过强化服务，不仅弥补了正常经费的不足，还创下了能够保证报纸日常出版的"家业"。具体措施如下：

一是利用报社优势，为行业内的企业搞服务，但绝不搞"有偿新闻"一类的服务；二是通过广告策划，帮助企业完成其文字工作任务，从而拉近与企业的关系；三是通过免费刊登信息、低价刊登广告，推动报纸发行；四是通过编辑书刊积累一部分资金；五是借助报社的信息优势，创办了经济实体，开展了部分物资经营业务。

四、本行业务与新闻业务

要想办好行业报，必须熟悉本行业务。然而，行业报毕竟是一份报纸，要遵循新闻规律，所以要办好行业报又必须熟悉新闻业务。为了达到二者的有机结合，《山西物资报》下了以下功夫：

首先，在人员构成上，既有有本行业实践经验的人员，又有经过新闻专业学习培训的人员。两类人员互相学习、取长补短。其次，要求所有采编人员都熟悉本行业务，与专业人员沟通，了解本省行业的历史与现状。在表达方式上，既要运用好行业语言，不说"外行话"，又不能使用晦涩难懂的专业化语言，要做到一般读者都能看懂。最后，要求所有采编人员都钻研新闻业务，要按照新闻规律反映本行业务，采用生动活泼的新闻形式反映本行业务，达到"办报像报"的基本要求。

五、社内编辑与通联网络

就办一份行业报来讲，采编人员很难足额配备，这就要求建立相应的通联网络。然而，行业内部抓笔杆子的秀才相对少一些，就是有，大部分也是习惯于办公室的总结材料。

为了解决这一矛盾，《山西物资报》采取的办法如下：一是进行新闻业务培训，请新闻方面的专家给通讯员上课。二是编辑部不嫌弃通讯员稿件。只要提供了基本事实，具有一定的报道价值，就由编辑人员帮助修改上报。三是加强与通讯员的日常联络，如组织异地采访、联合采访、寄送样报、评选表彰优秀通讯员等。通过这样一些措施，《山西物资报》已经建立了一支有100多人的特约通讯员队伍，在报社自身员工不足的情况下保证了用稿需要。

（原载于山西省新闻工作者协会主办的《新闻采编》）

告别广种薄收　拓展集约经营
山西运城建材总公司冲出低谷

（一九九六年三月三十一日）

山西省运城地区建筑材料总公司面对物资行业亏损、竞争日趋激烈的严峻形势，不等不靠，一改广种薄收的传统经营方式，走集约经营的路子，1995年终于摘掉了亏损的帽子，今年一季度，企业保持了较好的发展势头。

1994年，该公司出现了较为严重的亏损。严酷的现实使公司领导认识到，要想在竞争激烈的市场上站稳脚跟，必须彻底改变公司过去一直采用的广种薄收的传统经营方式，调动和集中各种经营要素，形成合力。公司总经理郭治中告诉记者，他们从去年年初开始就着手进行了一系列调整。

——在经营范围上突出重点品种。这家公司拥有全省物资系统一流的散装水泥设备和较完善的仓储、运输条件。该公司通过市场调查，结合自身优势，把水泥、玻璃和防水材料作为支柱业务重点发展。总公司调动有限的人力、物力、财力投入支柱业务，使三大支柱业务收入占到总收入的80%以上。

——在资源基地上突出重点厂家。经过筛选，该公司对每个经营品种确定了1至2个重点厂家，资金集中投放、资源集中进货，形成了相对稳定的协作关系。陕西耀县水泥厂产品质量高、离运城运距短，他们就把该厂作为重点资源单位。该厂在公司设立了办事处，全权处理水泥销售事宜，逐步形成了规模批量。据此，公司可以在资源、价格和结算方式等方面享受厂家的优惠待遇，从而提高了市场竞争能力。去年3月，在兰州玻璃厂技改的紧要关头，该公司投资50万元入股。该厂的技改项目点火投产后，以低于出厂价12%的价格，每月保证发两个车皮的玻璃到运城，使该公司在运城玻璃市场上独领风骚。

——在销售对象上突出重点项目。该公司认为，国有物资企业的优势在于实力厚、批量大、信誉高，应把重点企业、重点工程作为重点市场。海鑫大厦是该地区的一项重点工程，开工前已确定使用一批小水泥，该公司的领导和业务人员三番五次前往介绍，并进行对比试验，终于使对方用上了质量可靠的大水泥。解州铝厂、永济电厂、金融大厦等重点工程项目都陆续成为该公司的重点供应对象。去年，运城地区建筑材料总公司供给重点用户的商品销售额占到总销售额的80%以上。

（原载于《中国物资报》）

大山深处的"中国物资"

——山西省隰县物资总公司采访记

（一九九六年四月二十四日）

4月初的一天，我前往山西省隰县物资总公司进行采访。从山西省省会太原出发，向西进入吕梁山区。翻过一道又一道山梁，在一个群山环抱的小县城，以《中国物资报》报头字样放大的"中国物资"4个大字映入眼帘。

在这样一个偏僻贫困的小县城，县物资公司居然拥有一幢漂亮的三层营业楼，"中国物资"4个大字就高高地矗立在楼顶上。穿过营业楼进入库区，记者看到几位工作人员正在将新到货的管材扛入仓库。女会计胡同志放下手中的活计接待了我们。她说，隰县只有9万人口，物资的用量本来就有限，仅这一条街上就冒出了28家经营单位，对"国"字号企业影响很大。1993年以前，公司的日子还过得不赖，这幢营业楼就是那时候盖起来的。然而，1994年亏了5万多元，去年又亏了1万多元。我们和胡会计的谈话，不时被联系业务的人打断，看得出公司的业务已显现生机。说话间，一个农民模样的中年汉子买了2.5公斤钢条要交款，胡会计收下他的8元钱。胡会计说，经理交代过，大小买卖要一起做。

提起他们的经理，胡会计现出几分敬佩。经理姓李名书生，1985年从部队转业分配到公司。李经理干什么事情都不服输，总要干出个样子来。这不，前天晚上12点，他随车到太原进货，今天早晨5点才到家，8点刚过又去了工地。

听了介绍，我急切地希望见到这位经理。等车的间隙，我与一位客户攀谈起来。他是河南人，来这儿承包了工程，所需材料都要从物资公司进货。他说，选择国有单位，并不是贪图价钱便宜，主要是国有单位的产品质量可靠。热情的胡会计陪同我到工地去见李经理。工地在县境南大门，他们正准备把钢制的铁架子立起来，以迎接上级检查。为了推销钢材，李经理在部队学过的吊装手艺也派上了用场。

原来，李书生不是"白面书生"，他长得黑铁塔一般。山风吹乱了他的头发，黄土沾满了他的身体，带点血丝的眼睛依然炯炯有神，他那洪钟般的声音在山谷中回荡："我就不信，国有企业搞不过个体户。我们县商物供三家，只有我这里还扛着'中国物资'的旗帜。我和我的伙伴们拼死拼活也要把这面旗帜扛下去。"

李经理告诉我，省里出台的"以物顶资"政策在这里显了灵。县里已答应，凡是经县计委批准的项目，工程材料必须由物资公司供应。地区公司、省公司从各方面给了很大支持。今年，他们还准备在邻近县设两个点。公司内定的目标是，销售要比上年翻一番，利润要把前两年的亏损补回来。

李经理望了一眼通向山外的公路，动情地说："县里边的一些'国'字号单位依然坚挺，我们'中国物资'的力量再也不能削弱了。"

（原载于《中国物资报》）

交流协会工作　商讨行业大计

——各省区市物资流通协会秘书长会议结束

（一九九六年九月八日）

旨在交流协会工作情况、探讨新形势下加强行业管理的各省区市物资流通协会秘书长会议于 8 月 27 日在山西省太原市召开，8 月 29 日顺利结束。这是中国物资流通协会自 1995 年 11 月成立以来首次召开的省区市物资流通协会秘书长会议。

中国物资流通协会副会长兼秘书长徐苗文做了题为《积极主动地开展协会工作，为物资流通行业服务》的工作报告。徐秘书长就中国物资流通协会成立 9 个多月来的工作情况进行了回顾总结，并提出了接下来 4 个月的工作计划。30 余家省区市和计划单列市、副省级市物资流通协会秘书长参加了会议，20 多位秘书长在会上发言，交流了经验，充分展示了各地协会所做的工作和协会工作的广阔前景。

中国物资流通协会会长马毅民在会议结束时发表了重要讲话。马会长对各地协会成立以来的工作进展感到十分满意，对各地创造的经验给予了充分肯定。他根据党的十四大以来党中央的历次重要决议，从建立社会主义市场经济体制的高度，阐述了协会工作的重要地位与作用，再一次介绍了党中央、国务院领导、内贸部和各地党委、政府以及物资集团公司对协会工作的重视与支持情况。他勉励大家提高认识，增强做好协会工作的自觉性。

针对如何做好协会工作，马会长提出了 5 点意见：一是协会一定要紧紧围绕物资流通行业和企业面临的突出问题开展工作；二是加强行业管理、增强行业凝聚力是协会的重要任务；三是协会地位的提高取决于我们的工作；四是必须坚定不移、千方百计为企业服务；五是加强协会自身建设。

会议讨论通过了《关于加强物资流通协会与各省区市物资流通协会联系的意见》。与会同志普遍反映，在当前物资行业面临严峻形势的情况下，召开这样的会议十分及时且必要。通过会议，大家进一步明确了方向，学到了办法，坚定了搞好协会工作的信心。

中国物资流通协会会长马毅民要求积极主动开拓协会工作新局面

中国物资流通协会会长马毅民于日前在太原召开的各省区市物资流通协会秘书长会议上发表重要讲话，要求积极主动开拓协会工作的新局面。

马会长在讲话中指出，全国物资流通协会的工作已取得了进展，创造了不少好的经验。他说，到目前为止，全国 70% 的省、自治区、直辖市和 35% 的计划单列市、副省级市已成立了协会组织，还有一些省市正在酝酿和准备。各地成立协会的时间虽然不长，但都依据各自情况，采取多种方式加强行业管理，为物资企业服务，在开展调查研究、办好刊物简报、搞好信息交流、组织干部培训、加强协会自身建设等方面都做出了明显成绩。

马会长指出，无论是内贸部还是各地党委、政府和物资集团公司，都对协会工作十分重视，寄予很大希望，为协会创造了很好的条件，我们要下决心把协会工作搞上去。

就如何开拓协会工作新局面，马会长提出了 5 点意见。

第一，协会工作必须紧紧围绕物资流通行业和企业面临的突出问题展开。当前的突出问题和基本矛盾是扭亏增盈。协会要在内贸部和各地物资集团的统一部署下搞好调查研究，认真组织、总结、推广先进典型经验。同时，要从多方面分析原因，多方面寻找对策，包括整顿流通秩序、实行公平竞争等。

第二，加强行业管理，增强行业凝聚力。承担行业管理任务的协会要切实加强物资行业管理，努力探索适应社会主义市场经济要求的行业管理方法。要多与当地政府主管部门沟通，加强对物资企业的指导，多了解企业情况，为企业提供服务。尚未受行业管理委托的协会，也要密切配合行业主管部门，积极开展行业中介服务工作。

第三，协会地位的提高取决于我们的工作成效。目前，全国各地物资流通协会成立的时间都不长，我们要把主要精力放在开拓工作、扎扎实实做实事上。工作要积极主动、奋力拼搏，不要等待。凡是有利于行业和企业的事，都要积极去干。

第四，要坚定不移、千方百计为企业服务。协会的生命力在于服务。只有在日常工作中强化服务意识，不断探索为企业、为行业服务的方式，才能使全心全意为企业服务落到实处。只有全心全意切实搞好双向服务，既为企业服好务，又为政府服好务，才能得到企业和政府的信任与支持，协会才能越办越好。

第五，加强协会自身建设。一是要搞好组织建设，机构人员的配备要力求精干，要根据工作开展的情况逐步增加。二是要搞好队伍建设，队伍要少而精，协会干部要具有事业心和开拓、务实精神。三是要搞好制度建设，协会要根据民政部门社团组织的要求和自身的情况制定一些具体的工作制度，使工作逐步走向规范化。

马会长最后要求，还没有成立协会的地方，要尽快把物资协会建立起来；已经成立协会的地方，要积极开展工作，不断开拓服务领域，加强同中国物资流通协会及其他各协会之间的联系，不断总结经验，取长补短，共同把协会工作搞得更好。

行业协会大有作为

由中国物资流通协会组织的首次各省区市物资流通协会秘书长会议圆满结来。这次会议给我们带来了新的启迪：行业协会，大有作为。

其一，行业协会的建立与发展符合经济体制改革的大方向。党的十四大以来，党中央就如何建立社会主义市场经济体制做过一系列决议和决定。总的要求就是按照政企分开的原则转变政府职能，使政府真正转变到制定和执行宏观调控政策、搞好基础建设、创造良好经济发展环境上来，把不应由政府行使的职权逐步转给企业、市场和中介组织。按照这一基本精神，全国各行各业的协会、商会正在逐步建立并发挥着越来越大的作用。我国经济体制改革的大方向不可逆转，顺应这一大方向而发展起来的行业协会同样具有旺盛的生命力。

其二，只有行业协会的建立和发展，才能保证物资行业队伍不散、人心不乱、工作不断。近两三年来，各地各级物资管理机构的调整改革和全行业面临的严峻形势，已经使物资行业管理受到了影响。历经40多年发展的物资行业，在基础设施、职工队伍、经营渠道、信誉经验等各方面形成了较强的优势，行业性、系统性也是我们的重要优势之一。在市场经济条件下，单个企业无法解决的问题，通过行业的力量就有可能解决。特别是我们当前遇到的困难是全行业的困难，战胜全行业的困难必须凝聚全行业的力量。物资部和商业部合并，成立国内贸易部以后，内贸部领导对这个问题非常重视，经过酝酿筹备成立了中国物资流通协会，各省区市的协会（商会、总会）也在改革当中逐步建立起来，各地市县物资管理机构也在改革变动当中。怎样加强新形势下的行业管理？我们说，建立行业协会、挂靠集团公司就是比较理想的模式。

其三，一些地方的先进经验向我们揭示了行业协会广阔的发展前景。行业协会是改革当中出现的新生事物，如何依靠协会搞好行业管理，是一个新的课题。从这次会议反映的情况来看，各地协会在较短的时间内，已经创造了不少好的经验。例如，上海市协会组织了 10 个专业委员会，自 1994 年以来，先后围绕打击胶合板走私、限制期货市场过度投机和整治煤制品市场等 3 个问题开展调查研究，提出政策建议，取得了政府和有关部门的支持，维护了企业合法权益和市场正常秩序。天津市协会把县区行业管理作为重点，总结经验、互相学习，集中资金推动规模经营，使 9 个县区物资部门中有 8 个保持了盈利。安徽省协会以专业公司为龙头，以产品为纽带，以效益为中心，以分配为条件，组织的物资企业联合经营逐步启动。河北省协会多次向省领导汇报，取得支持，被省政府授予 14 项行业管理职能。省编委正式下发了机构编制方案，批准经费实行差额补贴，并确定了 10 名事业编制。宁波市协会不断开拓服务领域，兴办经营实体，已开始取得收益，为协会开展活动创造了条件。

这些事例生动地说明，行业协会顺应改革的新形势，不仅能够办到，而且能够办好单个企业办不到、办不好的事情。行业协会的工作搞好了，不仅能取得企业的信赖与支持，也能得到政府的重视与政策支持。

（以上 3 篇文章原载于《中国物资报》）

钢模公司"铁大嫂"

——记山西物产钢模板租赁有限公司的保管员们

（一九九七年七月六日）

6 月下旬的一天，记者来到山西物产钢模板租赁有限公司（简称钢模公司）采访，听到了一串关于"铁大嫂"的故事：

"钢模一响，小韩到场。"

钢模公司分为 3 个分公司，共 9 位保管员，其中 5 位是中年妇女。他们所说的小韩，叫韩保梅，已是两个孩子的母亲，在二分公司担任保管员。她的家离工作场地最近，在家就能听到装卸钢模板的声音。无论上班还是下班，也不管领导吩咐没吩咐，只要听到"咣当""咣当"的响声，她总是立即放下手中的活计，迅速赶到现场。久而久之，公司就传开了这样一句话："钢模一响，小韩到场。"

小韩的工作场所没有任何遮风避雨的设施，她的日常工作就是指挥工人按照损坏程度对租赁物资进行分类、清洗、上油、码垛，直到计数、开票。处理一车钢模板至少需要两个半小时。钢模公司共有租赁物资 53 万件，按每年周转 4 次计算，400 多万件的吞吐量都要这样经过他们 9 个人之手。

"赚钱不赚钱，全在保管员。"

钢模公司的租赁物资是一次投入、多次受益的固定资产，效益来自租赁物资的严格管理。因此，保管员的岗位十分重要。郝展明是一位女保管员，已经在这个岗位上奋斗了 14 个春秋。每年经她手收发的租赁物资超过 100 万件次，无一差错，无一损毁，不能不说是平凡岗位上的一个奇迹。有一次，一家用户提货以后，她发现少了一箱附件。公司领导派车追到工厂，硬是把被用户顺手牵走的"羊"领了回来。

为保证租赁物资完好无损，钢模公司与用户签有《租赁合同》。然而，并非每家用户都能按合同的规定办事，这就需要依靠保管员的"火眼金睛"。每次收货，保管员都会亲临现场，根据质量，很快分出合格的、待修的和报废的三个类型。有的用户拿上其他地方的劣质模板来凑数，都被他们一一发现并退回。

正是这些"铁保管"们以铁的标准，维护了租赁物资的安全与完整，八九年前购置的钢模板，到现在依然在为公司创造效益。

"用户是企业的衣食父母。"

钢模公司的员工把所有用户都当作企业的"衣食父母"。当他们的严格管理不被理解的时候，他们总是不厌其烦地讲解和说服，用自己的诚心去感动用户。

遇有用户上门，他们都会热情介绍使用方法，帮助测算，如果正品不够就设法寻找代用品。他们还会深入工地了解情况，提供工地转接验收服务。有的用户租期很短、租物很少，最低的租赁费一次仅 4 元多，他们依然热情接待。有用户接送货，只要听到电话，不论多晚，他们都会等，直到用户办完事离开。他们为用户准备饮用水、洗脸水，还会给没吃饭的用户提供便饭。

公司的"铁保管"们就是用有情的服务融入无情的钢模板中，在维护企业利益的同时赢得了一批又一批"回头客"。

（原载于《中国物资报》）

一条改革标准　多种实现形式

——山西省晋中地直物资企业转机建制效果好

（一九九七年八月二十八日）

近年来，山西省晋中地区直属物资企业（简称晋中地直物资企业）坚持以"三个有利于"为根本标准，努力探索公有制的多种实现形式，企业转机建制取得较好效果。

晋中地直物资企业自 1993 年开始出现亏损，1994 年亏损额高达 1468 万元。通过全面分析，晋中地区物资局的领导认识到，物资企业陷入困境的原因固然是多方面的，但根本症结在于改革滞后，大一统的"国有国营"管理体制已不适应市场经济体制下的中小型物资企业的发展需求。于是，晋中地区物资局于 1994 年制定了《晋中地区物资企业转机建制工作实施方案》，用两年多的时间，先后对 90% 的所属公司（共计 12 家直属企业）实施了不同的改革举措，形成了不同形式的公有制实现形式。

一是破产重组，股份制改造。他们对亏损严重的物资再生利用公司依法实施了破产，并以国有资产和职工合股基金会的形式组建了金利物资再生利用有限公司（简称金利公司）。金利公司按照现代企业制度的要求完善了法人治理结构，具有股东和员工双重身份的职工将自己和企业的命运紧紧地联系在一起。新的体制与运行机制使这家陷入困境的企业面貌大变，去年一年的业务经营量比前三年的总和还要多。

二是国有民营和股份合作制。在晋中地直物资企业中，有 6 户是 1992 年经济过热时期成立的预算外小型企业。由于先天不足、市场变化等原因，这些公司成立不久即陷入全面亏损，经营活动无法开展。针对这些公司的特殊情况，晋中地区物资局对其中 4 户实行了国有民营，对另外 2 户实行了股份合作制。到当年年底，3 户停亏、3 户减亏。

三是公开招标选择经营者，实行大额风险抵押承包。金国公司是亏损大户，晋中地区物资局对其采取了面向全区公开招标选择经营者的办法，并大额风险抵押承包。通过社会公开选择的经营者上任后，采取了一系列内部改革措施，对铁路发运站和一家外设供应站进行了公司化改组，以国家固定资产投资和职工出资入股的方式组建了两个有限责任公司。铁路发运站转制后，由过去的公司补贴转变为自给有余，供应站实现了国有资产保值增值。此外，晋中地区物资局还对部分经营部门实行了国有民营改革办法，与阳泉铝业公司联营组建了晋泉铝业公司。

四是切块搞活、一企多制。地区木材公司是最早出现亏损的单位，人员最多、包袱最重，整体改革难以启动。晋中地区物资局对其采取了"切块搞活、一企多制、人员分流、总公司关停整顿"的改革办法。总公司除留少量机构和人员外，重新组建了 5 个有限责任公司和 3 个承包租赁形式的经营实体，共分流人员 222 人，吸纳职工股金 110 万元。

晋中地直物资企业坚持以"三个有利于"为根本标准，努力探索公有制的多种实现形式，亏损额逐年降低，企业中积聚的一些深层次矛盾逐步缓解，职工思想观念随之转变，为今后的改革与发展奠定了基础。

（原载于《中国物资报》）

强与弱的辩证法

（一九九七年十二月二日）

1996 年 12 月，山西省晋城市物资产业集团公司（简称"晋城物产"）由市物资局转体组建，由此拉开了新一轮改革的序幕。不久前，记者前往探寻"晋城物产"的改革思路与实践轨迹，着实感受到了"强与弱""进与退""上与下"的辩证思维。

集团公司总经理蒋建斌说，经过近几年的严峻考验，物资企业的市场竞争能力确实在弱化，但强势依然存在。"晋城物产"改革的目标就是通过对强势、弱势的正确认识和重新组合，促使强弱转化，从整体上壮大强势。循着这样的思路，"晋城物产"在企业结构调整中采取了以下措施：

一是以强带弱。建材公司是一家弱势明显的企业，经营亏损 100 多万元，60 多名职工因企业困境无法按时领取工资，无事可干。集团出面，让业务相近、优势明显的化轻公司对建材公司实施了兼并。兼并以后，新的公司办起了全市最大的建筑装饰材料市场，使职工有了工作和收入，企业出现了生机。

二是以弱靠强。机电公司的经营状况也不景气，但依然具备一定的销售能力，而省机电公司急需在晋城设立销售网点。共同的利益诉求使双方一拍即合，他们按照现代企业制度的要求，由省机电、市机电和职工合股基金会三方出资，组建了"晋城山西汽车销售有限公司"。市机电公司借助省机电公司的强势地位，启动了经营业务。

三是强弱合并。生资公司、燃料公司和劳动服务公司可以说是"积贫积弱"的 3 家企业。它们依靠自身力量无法启动改革，如果由强势企业来兼并，有可能拖垮强势企业。"晋城物产"干脆把这 3 家弱势企业合并在一起，只留少部分人处理善后事宜，对大部分职工进行了分流安置。

四是强弱互补。物资运销公司和储运公司都是经营发运业务的企业。储运公司有场地、有专线，在设施方面有优势，但业务能力相对弱一些；而物资运销公司关系多、路子广，但缺少设施设备。"晋城物产"就将它们合在一起，实现了优势互补。此外，能源公司被再生公司兼并，双方的生铁发运业务合二为一，也达到了优化资源配置、提升经营效率的效果。

（此文为山西省晋城市物产集团改革思路与实践之一，原载于《中国物资报》）

进与退的脚步声

（一九九七年十二月三日）

强与弱的重组发人深思，进与退的调整同样给人以启迪。"晋城物产"的决策者们对经营上的"进退"自有一番独到的见解。他们所讲的进，并不是只进不退，也不是齐头并进，而是有进有退，以退求进。

——在经营场地上退城进郊。"晋城物产"的办公大楼设在繁华的市区，从外表看好不气派，但随着体制转轨，这里已经显出"门前冷落车马稀"了。怎么办？"晋城物产"及时向市政府递交了组建五大专营市场的请示。在市政府的大力支持下，"晋城物产"分别在市郊或城郊接合部建设市场。汽车专营总公司在市区边缘地带建设的市场，总占地近2万平方米，不仅自身在市场安营扎寨，而且吸引了10多家经营单位入驻，形成了全市最大的汽车专业市场。据悉，随着一家家企业迁出办公大楼，"晋城物产"计划将其向社会出租，进一步盘活资产。

——在经营品种上退小进大。改革开放以来，小的经营品种逐渐被社会上兴起的经营单位和个人突破，而在一些大的品种上，物资企业仍然具有一定优势。针对这种情况，"晋城物产"引导所属企业"抓大放小"。例如，建材市场建成后，在建材产品上突出水泥、沥青、油毡等大品种的经营，对建筑装饰用的小品种逐步退出具体经营业务，只负责提供场地，以便集中经营要素主攻重点品种。

——在经营方式上退物资进物业。木材公司的例子就比较典型。当木材经营规模萎缩以后，木材公司利用原有木材场地建起了综合批发市场，现已吸引省内外 70 余家商户进驻经营，仅房租一项每年就可收回 70 余万元。过去经营木材的职工脱离了大材经营，转向供水供电、房屋维修、治安保卫等工作。

——在经营项目上退旧进新。在一些传统项目经营受挫的时候，"晋城物产"积极寻求新的经济增长点。例如，扩建液化气销售中心，附设钢瓶检验站，为居民提供液化气服务；投资数百万元，合资建立证券公司的营业部等。"晋城物产"的同志们把这样一些进退之举称为"第二次创业"，通过不断优化经营结构，推动企业迈向新的发展阶段。

（此文为山西省晋城市物产集团改革思路与实践之二，原载于《中国物资报》）

上与下的奏鸣曲

（一九九七年十二月四日）

强与弱的重组，进与退的调整，必然牵动国有企业的敏感神经——人员的上与下。一年来，"晋城物产"有近200名职工调整了工作岗位，仅集团公司本部就有20余人下到基层。一批原企业主要领导被调离、换岗或免职，也有不少普通职工走上了领导岗位。这样大的人事变动，并没有引起大的震动，保证了改革平稳顺利推进。这得益于以下措施：

首先，做好深入细致的思想政治工作。让职工充分认识企业的现状与出路，看清改革的大方向，从整体长远利益上支持改革。其次，坚持能者上、庸者下的原则，对所有职工的进退一视同仁，坚持一个标准。最后，使职工从改革中得到实惠。1997年年初，"晋城物产"曾有400多名职工不能按期领到工资，不少人没事干，生活陷入困境。通过一年来的改革，基本实现了人人有事干、工资按时发放。在人员安置上，尽量照顾到个人特长，方法上注意轻重缓急，稳中推进。

"晋城物产"的改革虽然时间不长，但已显现出初步效果。截至9月底，在12家直属企业中，已有3家扭亏为盈或保持盈利，8家实现了不同程度的减亏。预计到年底，集团公司整体上减亏50%的目标有望实现。年初确定的改革目标和市场建设目标均已达到，职工生活有了保障，企业凝聚力和职工的主人翁责任感明显增强。

目前，"晋城物产"的领导班子正在学习党的十五大精神，并制定了新一轮改革方案。集团总经理蒋建斌称，下一步的改革将以变更所有制实现形式为重点，拟把现有企业分为几个类型，分别采取不同的办法。第一类是国有资产占有较多或经营部分政策性业务的企业，将其改组为有限责任公司；第二类是资产负债率较高但仍有优势的企业，对其采取分离重组、切块搞活的办法；第三类是国有资产占有不大的企业，将其改组为股份合作制企业；第四类是长期资不抵债、扭亏无望的企业，对其将积极争取依法破产。

如此，"强与弱""进与退""上与下"的转换使"晋城物产"发生了根本性的变化。这些变化令人深思。一切看似不变的东西，其实只是相对的。如果我们把物资企业改革放在一个新的思路中去考量，变化或许会来得更快些。俗话说，"流水不腐，户枢不蠹"。在计划经济体制下，物资行业常常以不变应万变，但市场经济条件下，市场是瞬息万变的，我们的思想也应像流水一样常流常新。

（此文为山西省晋城市物产集团改革思路与实践之三，原载于《中国物资报》）

省外域外

二连——对外贸易的重要窗口

（一九八九年四月三日）

二连浩特市（简称二连市），是我们这次考察访问的第一站。一下火车，一座小巧玲珑、整洁宁静的市镇便呈现在眼前。一条不算宽阔的街道横贯市区，街道两旁整齐地排列着风格各异的积木式建筑。不少机关的牌匾上赫然写着"中华人民共和国××单位"的字样，给人以庄严之感。街头机动车辆极少，既没有设置红绿灯，也没有安排交通警察。

二连市位于内蒙古草原北部，为准地级市，隶属于内蒙古自治区锡林郭勒盟。国际联运铁路线由市区通过。南距北京约 690 公里，往北可连接苏联境内的"亚欧大陆桥"。可以说，二连市是我国通往蒙古、苏联乃至欧洲的一条"捷径"。

特殊的地理位置使二连市成为对外贸易的重要窗口。1988 年，该市的物资吞吐量创下 200 万吨的新纪录，使其跻身于我国重要开放口岸之列。

据二连市边境贸易公司进口科的田科长介绍，蒙古市场物资极度短缺，尤其是轻工产品严重匮乏。因此，蒙方对我国几乎所有商品，特别是轻工产品，有着浓厚的兴趣。但该国人口较少，市场容量不大，且又拿不出足够的互换商品。这些都是制约对蒙贸易的因素。近年来，蒙古已将边贸权下放至省一级，这为贸易带来了新的机遇。更重要的是，通过蒙古对苏联、东欧国家乃至整个欧洲的转口贸易将有广阔的前景。

一位中央领导同志曾说，中国的对外开放南有深圳，北有二连。可以预见，这个边陲小镇不久将会迎来它更加灿烂的明天。

（此文为中蒙中苏中朝边境贸易考察访问系列报道之一，原载于《经济周报》）

呼市的启示：劳务输出——新兴的产业

（一九八九年四月十日）

当我们由边陲小镇二连市来到内蒙古自治区首府呼和浩特市（简称呼市）的时候，立即被这里精美的建筑吸引住了。巍峨挺拔的彩电中心大楼，婀娜多姿的昭君大酒家，展翅欲飞的少年宫……透过这些豪华的建筑，我们领略到了自治区建筑行业的雄厚实力。但是，随着国家压缩基建规模，建筑行业进入了一个相对萧条的时期。正是在这样的形势下，内蒙古国际经济技术合作公司把触角伸向毗邻的苏联远东地区。于是，对外输出劳务、承包工程这一新兴产业，就在呼市乃至整个自治区悄然兴起。

据内蒙古国际经济技术合作公司的李总介绍，苏联多年来奉行"重军事、轻民用"的政策，大量青壮年男性劳力去服兵役或从事军事工业，加之全国特别是远东地区地广人稀，劳动力十分短缺。为了弥补劳动力的不足，苏联把朝鲜、古巴、越南等国的劳工引入国内，但这些国家工人的素质不尽如人意。这样，素以勤劳勇敢著称的中国工人就备受青睐。随着国际局势的缓和，一个利用日本与南朝鲜的技术以及中国的劳动力合作开发西伯利亚资源的设想正在逐步提上议事日程。苏方特别欢迎我方到该地区合作办厂。

目前，中国劳工在苏联主要从事伐木和建筑业，所需材料、设备均由苏方提供。外国劳工与本国工人一样实行以计件工资为主的按劳分配制。最初，劳工每月可以得到200～300卢布的报酬，待工作熟练以后，可以拿到四五百卢布。所得劳务费除工人在当地消费以外，其余部分换算成瑞士法郎，由苏方用货物偿还。苏方对工人的福利待遇也比较重视，提供较好的住宿条件和相对便宜的食品，允许每年享受一个月的休假。

李总对发展劳务输出的前景比较乐观。目前，该公司驻苏派出机构已经成立，1200 人的劳务输出合同正在履行。他们计划在三到五年内达到输出 5万人以上的水平。然而，在对苏劳务输出方面也存在一些亟待解决的问题。除了苏方的承受能力和我方工人的适应性外，在结算方式和方法上也有一些障碍。不过，随着戈尔巴乔夫总书记 5 月访华，中苏两党关系的恢复和两国改革开放的深入，这些问题有望得到解决。

（此文为中蒙中苏中朝边境贸易考察访问系列报道之二，原载于《经济周报》）

联合协作——海拉尔的强烈愿望

（一九八九年四月十七日）

由呼和浩特站开出的列车，在一望无垠的内蒙古大草原上行驶了整整50个小时后，我们来到了呼伦贝尔盟公署所在地——海拉尔市。位于呼伦贝尔草原东部腹地的海拉尔市居住着汉、蒙、回、满、达斡尔等22个民族的19万人民。这里有日处理鲜奶300多吨的全国最大的乳制品加工厂，有日处理500头牛、5000只羊的肉类联合加工厂，有装备着20世纪80年代最新设备、年处理10万张牛皮的皮革厂，还有年产1100吨毛线和11万条毛毯的毛纺厂。一头商品牛只要运到这片加工区，它身上的各个部分都能得到有效的综合利用。

海拉尔市的工业发展，除了依托本地的资源优势和国家给予民族地区的优惠政策外，主要靠内地的大力支援与协作。特别是党的十一届三中全会以后，这里与内地的横向经济联合进一步扩大。1988年，由牵头引进的开发项目就有51个。海拉尔市不仅拥有丰富的畜牧业资源，还有金、银、铜、铁、硅砂、煤炭等矿藏。电力资源相对充裕，宜于发展高耗能产业。滨洲铁路横贯市区，西距满洲里口岸不足200公里，是传统的物资集散地。拟议中的电石厂、硅铁厂、氯碱厂、漂白纸浆厂的可行性报告以及场地"三通一平"等前期工作已经完成。海拉尔市欢迎各地以多种形式合资联营、共同开发，同时，愿意输出乳制品、皮革工业等方面的技术和人才。

值得一提的是，呼伦贝尔盟已被国务院和自治区政府确定为经济改革试验区。我们相信，被誉为"草原之花"的海拉尔市，在未来的经济发展中一定会更加绚丽多彩。

（此文为中蒙中苏中朝边境贸易考察访问系列报道之三，原载于《经济周报》）

对外贸易——满洲里的立市之本

（一九八九年四月二十四日）

这里是少有的陆路口岸。铁路线上一片繁忙。登上天桥极目远眺，一座井然有序、点缀着俄罗斯式建筑的城市尽收眼底。这就是边城满洲里留给我们的第一印象。

满洲里市位于内蒙古自治区呼伦贝尔盟西部，为准地级市，距苏方后贝加尔镇只有9公里，是我国对苏联乃至欧洲贸易的陆上要津。同沿海14个口岸组成的半月形外贸链相比，满洲里处于"三北"地区边境大陆口岸第二个半月形外贸链的枢纽地带，在对外贸易中发挥着重要作用，素有"东亚窗口"之称。

目前，满洲里市直接经营进出口业务的单位，除国贸外运公司外，还有自治区边疆贸易公司、市边境贸易公司和铁路办的农工商公司等。在对苏贸易中，一般采取以货易货、不动现汇的记账方式，差额于年末找齐或结转下一年。出口商品主要有玉米、黄豆等粮食，罐头、苹果等食品，运动衫、纯棉内外衣、毛巾、手套等针纺织品，以及瓷器、暖瓶等日用品；进口商品主要是我方需要的钢材、木材、水泥、化肥、玻璃等工农业生产资料，目前，满洲里市已与苏方5个州、30多个区建立了贸易关系，几乎每天都有货物过境和人员往来。

满洲里市对外贸易的繁盛一刻也离不开与内地的广泛联系。现在，该市已与全国 24 个省、自治区、直辖市建立了贸易往来。为了充分发挥当地的地理优势、资源优势，拓展对外贸易，加快改革开放步伐，市委、市政府提出了一系列兴边富民的具体措施。其指导思想是，在进一步扩大对外贸易的同时，对内地扩大宣传，增强其对内地的吸引力。以多种形式的对内联合，促进全方位的对外开放，将是满洲里市未来发展的基本思路。

（此文为中蒙中苏中朝边境贸易考察访问系列报道之四，原载于《经济周报》）

"全方位"——黑河的开放战略

（一九八九年五月一日）

在黑河市，我们住进了临江的北方宾馆。透过房间的玻璃窗，对岸的远山近树、矮房高楼一览无余。打开电视机，苏台节目清晰可见。眼前这条不过1500米宽的水道，就是中苏两国的界河——黑龙江。隔江相望的那座城市，就是俄罗斯联邦阿穆尔州首府布拉戈维申斯克。

近年来，黑河市抓住历史机遇，向对岸实行全方位开放。仅用一年多时间，即创下辉煌业绩，并展示出广阔的发展前景。

一、易货贸易发展迅速

1988年，全区边境贸易合同额突破1亿瑞士法郎，出口商品种类达400多种。一个涵盖国际贸易、省际贸易、地区贸易及民间贸易的多层次贸易格局正在迅速形成并不断发展。

二、劳务输出初见成效

去年，黑河地区派出500人到阿穆尔州工作。今年又签订了相关合同，全年目标计划达到1000人以上。

三、过境旅游方兴未艾

黑河市与布拉戈维申斯市的区域性过境"一日游"始于 1988 年 9 月 24 日，截至 1988 年年底，共组织 26 批，1081 人。双方准备延伸旅游线路，开办多种形式的旅游活动。

四、合作办厂前景广阔

目前，双方已签订 33 份经济技术合作合同或意向性协议。预计在近年内可陆续组织实施。

与此同时，黑河市的投资环境也在加速改善。全国各地的地方政府、机关、团体以及企业已有 52 家在黑河设立了办事处。对苏微波通信已开通。黑河全方位的对外开放，正在带来多方面的积极成果。

（此文为中蒙中苏中朝边境贸易考察访问系列报道之五，原载于《经济周报》）

向北拓展——回到忻州的思考

（一九八九年八月）

4月11日，我们从北疆回到忻州，历时1个月的边境贸易考察访问结束了。我们在认真思考如何在两地的"差异"中寻找合作的"共同点"，以推进向北拓展的问题。

历史上，我区与北部边境地区有着较为广泛的经济联系，我们祖先的足迹曾遍布大漠南北。然而，相当长一段时间以来，我们的目光逐步向东南方向倾斜，以很大的精力盯着东南沿海地区。相对来说，减弱了对北方的注意力。通过此次考察，我们发现北部边境地区不仅有丰富的资源、较好的陆路口岸，而且在内协外贸等方面也有优越的条件。从地理位置上来讲，北部边境地区是我区通往外部世界的一条"捷径"。因此，我们应在巩固与东南沿海地区经济关系的同时，审时度势、因地制宜，积极推进向北拓展。

第一，我们要选好品种，通过北方边贸口岸外销产品。就目前的情况来看，我区生产的瓷砖、马赛克、壁纸、大理石、卫生洁具等建材产品和毛巾、床单、童装、布鞋、运动服等轻纺产品比较适合苏、蒙的需要。我们可以通过寄送样品、参加展销会等办法，让我区的产品在北部边境地区"亮相"。

第二，在提供出口产品的同时，拓宽物资协作的路子，争取组织返回的急需物资。

第三，按照"两步走"的思路，开展劳务输出。第一步，先把劳力引到边境地区，承包工程、合作办厂；第二步，以第一步作为"跳板"，逐步走向国外。

第四，探索到边境地区开办外向型企业的可能性。我们可以把一些产品的最后工序放到边境地区生产。这样不仅运输便利，还可以根据国外市场的需求随时调整花色品种，而且更有利于我们的产品进入边贸渠道。

第五，我们应当推进与北部边境地区的经济技术合作，共同开发边境地区。正是两地的差异性，才提供了互补的可能性。例如，严重影响我区工业生产的电力问题，在海拉尔市却不成问题。我们可以投入资金和技术，把高耗能企业办到资源、能源、运输和外销条件都很便利的地方。

第六，我们可以考虑旅游合作问题。五台山的旅游资源对蒙古地区有着很大的吸引力。我们可以由边境地区组织内蒙古自治区及蒙古的客源。为了扩大我区的影响，促进我区与北部边境地区的全方位合作，我们有必要在海拉尔、黑河等地开设信息"窗口"，建立经常性的办事机构。

最近，国务院领导同志强调指出，要有计划、有组织地扩大边境贸易。随着中苏和中蒙关系的正常化，边境贸易正向人们展现出诱人的发展前景。我们应当也能够抓住这一历史机遇，积极稳妥地推进向北拓展的战略。

（此文为中蒙中苏中朝边境考察系列报道之六，原载于《山西物资流通》）

草原随想

（一九九六年八月）

8 月中旬，笔者有幸参加了本报 1996 年宣传工作会议，耳闻目睹，心绪翻飞，久久难以忘怀。

一、草原相会

8 月的北京，热浪袭人。经过不到两小时的飞行，我们便进入了一个清凉的世界——内蒙古自治区呼伦贝尔盟公署所在地海拉尔。

没有了喇叭的鸣叫，没有了喧闹的人声，没有了浑浊的天空，没有了满目的广告，有的只是静静流淌的河水、一碧如洗的蓝天白云和沁人心脾的新鲜空气。

海拉尔的新鲜空气吸不够，心里的话儿也讲不完。来自白山黑水、椰林深处、天山脚下、黄海之滨的朋友们行装未卸，便开始热烈地谈论一个魂牵梦绕的话题：怎样把我们的《中国物资报》办得更好？

也难怪，我们中间有多少人在报社的"摇篮"里咿呀学语，在报社的园圃中蹒跚学步。《中国物资报》是我们的良师、益友，是沟通的桥梁、联系的纽带。有了她，我们才结识了天南海北的朋友们；有了她，我们才有了这终生难忘的草原聚会。

二、诱人的篝火

当西边的太阳缓缓落下，当天空逝去最后一抹晚霞，我们看到了城市里不易看到的夜景。四周渐渐地黑下来，黑得伸手不见五指，星星在漆黑的夜空中眨巴着眼睛。远处不时传来几声蝉鸣，空气中弥漫着水草的气息。这时候，你可以静静地躺在草地上，任凭思绪纵横驰骋，也可以什么也不说，什么也不想，享受一会儿现代人难得的黑暗与宁静。

忽然，熊熊的篝火燃起来了，悠扬的乐曲响起来了。男人、女人，老人、小孩儿，人们暂时忘记了各自的身份，围着篝火尽情地唱啊，跳啊，给宁静的草原之夜增添了一道别样的风景。回归大自然，追求原始的野性，竟是这般诱人。

三、大路通天

一望无际的大草原，从车轮下一直伸展到遥远的天边，在草原上行车别有一番风韵。

远处的蓝天白云连着地平线，连着起伏不大的绿色山丘；近处的几群牛羊在悠闲地吃草。目力所及，除了两排电线杆、一条公路，再也看不到人类给大自然留下的痕迹。草原的路是笔直的，它像一条黑色的飘带，一直通向天际，好像再往前走一步就会到达天地的尽头。然而，天无边，路无头。车到"尽头"，又是一片宽广的天地，又是一条通天的大路。不知是谁触景生情，面对无垠的大草原吼了起来：通天的大道九千九百九……

我忽然觉得，行业的生存之路、报社的发展之路、个人的人生之路，何尝不是这样？

（原载于《中国物资报通讯》）

访日散记

（二〇〇一年十二月）

2001 年 11 月 13 日至 12 月 3 日，以国家经贸委贸易市场局助理巡视员门晓伟为团长的"无店铺销售业务及管理研修班"赴日本进行了为期 21 天的学习考察。本人作为研修班成员，虽行程紧凑，走马观花，但所见所闻仍令人印象深刻，现散记于下。

赴日第一课：日本人的"排队"意识
—— 访日散记之一

11 月 13 日上午 9 时 20 分，一行人还在首都国际机场，3 个小时不到便踏上了日本国土，"一衣带水"的含义自然也由此有了切身体会。抵达东京成田国际机场后，我们见到的第一位日本人是一位头发斑白的长者。他给我们上了赴日"第一课"——日本人的"排队"意识。

在偌大的出关大厅，当时并没有几个人，这位老者站在离办证柜台两三米远的地方，不断地点头哈腰，疏导"过关"的人们排队。前面一个人办结，他便示意后面一个人前行，谁也不准跨过红线半步。

后来，随着考察的深入，我发现日本人的"排队意识"已经深入人心，融入日常生活的方方面面。吃饭排队，等车排队，上卫生间也要排队。无论干什么事情，只要前面有一个人，后面的人就会自觉排队。有一次，在大阪街头，我们看到一溜"长蛇阵"，本以为是什么重大活动，到头一看，原来大家在排队购买彩票。

东京没有太宽的街道，也没有多少过街天桥或是地下通道，行人过街更多依靠没有专人指挥疏导的人行横道。只要横道上的红灯一亮，熙熙攘攘的人流便戛然而止，川流不息的车辆照样风驰电掣。即便在人少车稀的街区，或是万家灯火的晚上，这样的规矩照样"雷打不动"。一天晚间，我们几个人步行往宾馆走去，在一个当时并没有车辆通过的十字路口，两三个日本人愣是在寒风中等到绿灯亮起才疾步而行，我们也只好入乡随俗。

日本人的"排队"意识有时候竟然到了"迂腐"的程度。一次，代表团到一个地方访问，接待单位的人带领我们过马路。不知是因为要过的小街是支线所以红灯时间较长，还是那只红灯出了故障，20多人足足等了五六分钟，却仍不见绿灯亮起。当时，这条小街上并没有车辆通过，但接待人员还是带着我们一直"傻等"。还有一次，我们到一个地方去参观，按规定20人可购买团体票，而我们只有19人，只好买了20人的团体票。当时，有两条通道可以进入相同的地方，团体通道人较多，散客通道没多少人。然而，导游小姐宁可让散客通道闲下来，也要让我们这些买了团体票的人在团体入口处排队等候。

排队的场景多了，无论排队的人还是管理排队的人，都想出了不少招数。在一个参观点，我们看见有人排队，发现前面离一个人造的山洞没有多远，也就随意跟了上去。谁知进入山洞后，里面"别有洞天"，"一条龙"变成了"九曲长蛇阵"，有位老太居然带来了小马扎。结果，我们用了差不多两个小时排队，而真正参观的时间也就两三分钟。这期间，我们没看见一个人"加塞儿"或是退却，日本人敢于排队、善于排队的决心、信心和耐心，由此可见一斑。

日本是世界上人口密度最高的国家之一，东京更是人满为患。道路狭窄、房间狭小，立体停车场随处可见，地下商城蔚为壮观，甚至机动车驾校也设在楼顶上。如果没有根深蒂固的排队意识，怎能保证"拥挤的国度"有序运转？这也许是造就日本人排队意识的客观原因之一，但其深层次的原因似乎不是那么简单。

这种严格近乎刻板的有序运转，在公务活动中体现得淋漓尽致。我们所到之处，无论去几个人，分担什么职务，对方都会精心安排：出席人数，讲什么内容，何时开始，何时结束，甚至饮料的种类和数量，都精确到五分钟一个单元。有时仅仅因为延时十分八分，对方也会表示道歉。所住宾馆，一到大堂，标有每个人姓名、性别、单位、职务和房间号的资料便人手一份，方便我们立即进入房间。

守时、有序、严谨、细致，这些看起来也许不是什么大事，但正是这些点点滴滴的"小事"反映出一个国家国民的整体素质，也关乎能否赶上世界现代化的步伐。

代表团的"家"：日本国际贸易促进协会
—— 访日散记之二

这次研修班的接待单位是日本国际贸易促进协会（简称贸促会）。在贸促会，大家有一种回到"家"的感觉。

贸促会成立于1954年，在1972年中日邦交正常化前的近20年间，是中日两国民间贸易的主要通道。中日恢复邦交以来，贸促会一直致力于日中友好和经贸投资事业。多年来，贸促会在促进双方人员往来、参加广交会等贸易洽谈活动、推动对华投资合作项目、举办展览会、组织物流服务、开展市场调查、提供信息和提出政策等方面做了大量工作，已成为重要的中日友好团体和经贸交流桥梁。现任会长是原众议院议长樱内义雄先生。

在贸促会，没有语言方面的障碍。所有的工作人员都是通过汉语水平测试后招入其中的，都能比较熟练地使用汉语。办公室的书橱里，放满了各种有关中国的书籍。他们的价值取向，甚至政治观点也和我们相同或相似。在这里，不得不提到代表团成员最熟悉的三位日本友人。

（一）中田庆雄先生

贸促会的理事长中田庆雄先生是一位和蔼可亲的长者，更是传奇式人物。先生于 1930 年生于日本京都，1945 年被强迫送到中国东北。1946 年后，他参加了中国人民的解放和建设事业，1953 年被保送入中国人民大学，后转入复旦大学，1958 年回到日本。与中国人民朝夕相处的经历，培养了先生对中国的深厚感情。回国后，他全身心地投入日中友好交流和经贸事业中。

中田先生曾经 290 次访问中国，到过中国 34 个省级行政区，同中国国家领导人以及社会各界有着广泛的交往。他曾受到中国改革开放总设计师邓小平的接见，并于 1965 年为当时访日的江泽民担任翻译。在 21 世纪伊始的 1 月 16 日，作为日中友好七团体的代表，先生再次与江主席在中南海会见，重叙 35 年的友谊。中田庆雄先生认真研读总书记的七一讲话，努力领会"三个代表"重要思想的深刻内涵。1996 年，先生曾将五年调查研究的成果《中国国有企业改革中的日中合作与交流》报告，送达中共中央和国务院。

我们赴日后的第三天中午，中田先生在一家日式餐馆宴请代表团一行。我们坐在稻草编就的"榻榻米"上，喝着日本的清酒，听着中田先生侃侃而谈，家庭式的气氛弥漫席间。先生分享他的经历，讲述他的家庭和亲人，回忆他在中国各地的所见所闻所感，讲他的养生之道，讲他从容面对右翼势力的威胁。他像知心朋友一样倾吐肺腑之言，而我们则像在聆听邻家长者的心路历程。先生的日中友好情结深深地感染并打动了在场的每一个人。

（二）片寄浩纪先生

片寄浩纪先生是贸促会的专务理事，也是一位饱含中国情结的"中国通"，曾作为贸促会驻外事务所的所长，于 1977 年和 1996 年两度长住北京。他受到过中国党和国家领导人的接见，同中国政府的许多部委和省市领导保持着密切关系；更乐于同普通百姓交往，到内蒙古贫困学生家中做客并提供资助，这一善举被传为佳话，在北京日坛公园，他还有一位太极拳师傅。

早在几年前，我就在《参考消息》上看到过先生写的《北京日记》，想不到能够在这次访日中幸遇先生。他送给我们每人一册他写的《北京今昔》，其中几篇曾在《参考消息》上发表过的文章已被译成中文。再次拜读，倍感亲切。先生既写过《北京的社交场——公园》《焕发活力的国有企业》《中国女性英姿飒爽》，也写过《交通信号与交警》《公共交通〈争先恐后〉上下车》《北京人应像爱家那样对待公共场所》。他为中国取得的进步而高兴，也为我们存在的问题而忧心，热切盼望中国一天天变得更好，盼望日中两国永远友好下去。不是净友，何来如此坦诚？

先生已年过半百，专务理事的工作又是那样繁忙，但他仍然坚持陪同代表团在东京的公务活动。每到一个单位，他都亲自做翻译，对每一个词语、每一句提问都认真对待。稍有闲暇，他就同我们进行无拘无束的交流。对于中日两国的政治、经济、文化大事，他都如数家珍。有一次，他向我们谈起一本当时在中国流行的文学作品，我们连书名还未听说，而他已从书包里取出书来，给我们讲起了大概。先生的记忆力出奇地好。短短一周的接触中，大部分时间他都专心致志地翻译，而我们则聚精会神地听讲。到了临别的时候，他不仅能够脱口叫出代表团 18 个人的名字，甚至连许多人的单位、职业、出生地以及在日期间的一些趣事都能张口就来，一下子拉近了彼此之间的距离。

（三）田中雅教先生

"这位叫田中，同你们所熟悉的田中首相是一个姓。"在成田机场一见面，片寄先生就把一位帅气的小伙子介绍给了我们。田中的全名是田中雅教，今年 27 岁。在接下来的 21 天中，田中成了代表团的向导、翻译、勤务员，以及大家共同的好朋友。我们亲切地称他为"田中同志"或"小田中"，他也时不时管我们叫"经贸委的哥儿们"。

田中在高中毕业后独自来到中国重庆，在西南师范大学学习中文。按他的说法，当时，他只能说"你好"两个中国字，而中国的老师也不会讲日语，只能用手势比画着开始了新的学习生活。特别令"田中同志"难以忍受的是重庆的辣椒，他形容道："吃饭的时候嘴里辣一次，大便的时候屁股再辣一次。"4 年的异国学习生活中，田中不仅学会了中文，而且培养了同中国人民的感情。回国后，他决心从事日中友好交流事业。经过面试考核，田中雅教在贸促会找到了自己理想的工作。

小田中的父母在外地，他一个人在东京工作。生活中遇到的各种问题都要靠他自己，但这丝毫没有影响他的热情、诚恳和敬业精神。代表团在日期间，访问了八九个城市，近 30 个单位，使用了包括飞机、火车、地铁、电车、出租车等各种交通工具，但没有一次出现任何差错。每天的活动日程，他都逐一落实。有的地方，连他自己也是第一次去，为了确保万无一失，他还要提前去"踩点"。

在东京的那几天，田中把代表团的工作安排妥当已是晚上九十点钟，他还要乘坐一个多小时的公交车回到自己租住的小屋。第二天一早，我们出发之前，他总是准时来到宾馆，从未耽误过一分钟。有一天中午，代表团活动结束已经 12 点多了，下午 2 点还有活动，到吃饭时田中突然"失踪"了。原来，他利用中午吃饭的时间复印了上午的几十份材料，还安排好了下午的会议室，而这些工作没有任何人指派。事后谈起这些，他总是一笑了之。

到外地活动时，田中操心的事情更多。每到一处，无论上车还是下车，他总是跑前跑后，忙个不停。他一边清点人数，一边教我们学习日语："一起（1）、你（2）、三（3）、西（4）"以至于回国前，我们每个人都学会了几句简单的日语。

"田中同志"不仅把代表团的公务活动安排得井井有条，而且对每一个人的私事，他都热情相助。星期天，大家上街购物，兴趣、爱好、经济条件和购买倾向各不相同，不一会儿就分化成好几拨，这可苦了田中和团内另一位翻译。他们一会儿在这边咨询商品性能，一会儿又去那边讨价还价，此起彼伏的"田中"喊声不绝于耳。面对纷繁复杂的场面，他总是乐此不疲，不厌其烦，直到让每一个人满意为止。

在长途旅行中，田中又和大家摆开"龙门阵"，海阔天空地聊，意犹未尽。正是通过这样一个"窗口"，我们加深了对日本社会，特别是青年一代的了解，极大地丰富了访问内容。

中田先生曾风趣地告诉我们："'中田'两个字倒过来就是'田中'。"从代表团这次同中田、片寄、田中以及贸促会其他人的交往中，我们高兴地看到，老一辈开创的日中友好事业后继有人。

印象深刻的几个"亮点"
——访日散记之三

在这次访日期间，我们深深感受到了中日友好情谊，也能体会到，随着我国综合国力和国际地位的提高，我们受到了更多的尊敬与欢迎。代表团所到之处，都受到热情接待，许多地方挂起了五星红旗，贴出了欢迎标语，所有员工列队鼓掌欢迎。演讲者都要提到中国加入 WTO、中国经济的发展，提到中国已成为日本第二大贸易伙伴，提到他们自己访问中国的经历和感受。经济产业省的一位官员指出，20 世纪 90 年代是中国经济高速发展的 10 年，而日本则是"失去的 10 年"。每当听到和看到这些，作为中国人，我们当然感到自豪和骄傲，也更加深切地体会到改革开放政策的英明和伟大。

本次研修班承担着学习考察的专业任务，虽对日本"面上"的情况了解不多，但仍有那么几个"亮点"给我们留下了深刻印象。

一是功能齐备的"地下城"。刚到东京时，在成田机场、前往宾馆的路上，甚至入住后，我们并没有发现什么特别的地方。建筑没有太高的，没有太矮的，多为二三十层；没有太旧的，没有太新的，大多建造于三四十年前。一样的高架桥、一样的钢筋水泥的"森林"、一样的人流如潮，只是街道不够宽。街头的行人，只要不开口，和我们的同胞毫无二致。置身其中，仿佛置身于国内某个南方城市，不禁让人想起国内一本畅销书的名字——《不过如此》。

及至深入地下考察，东京的"大不一样"才得以展现。在我们入住的宾馆地下，就是一个连接地面宾馆和另一条繁华商业街的大型商城。在三四层的空间内，有商场、食街和停车场，占地面积远大于地面宾馆，其繁华程度同地上小街的相对冷清形成了鲜明对照。以至于我们刚去的时候，有几次下去都找不着"家"。

离宾馆不远处是一个大型地下交通枢纽。从地面看，只是立在交叉路口的几个普通小亭子，但沿阶而下，仿佛进入又一座城市。地铁、电车、新干线分为好几层，都在这里换乘，且全部采用自动售票机和自动检票系统，商业设施应有尽有，数不清的"步梯""滚梯"和形形色色的标志牌引导着人们去往要去的地方。置身于繁华的地下城市，我们终于找到了东京街道不宽却不太堵车的答案之一。

二是商业区的"不夜天"。因为白天一般安排公务活动，我们往往利用晚上时间去逛逛商业街区。东京时间比北京早一个小时，天黑得自然也要早一些。到了晚上，商业街区灯火辉煌、人山人海，忙碌了一天的人们这才上街购物休闲。商家自是不会错过赚钱良机，一般商店都营业到8点半，有的营业到11点，还有星罗棋布的24小时便利店。东京是这样，大阪是这样，富士山脚下的小镇也是这样。

三是农村和城市"一个样"。这次考察，我们不仅去了几个大城市，也去了一些比较偏远的小地方。就生活舒适度和便利性来讲，小地方与大城市相比，毫不逊色。高速公路两旁，看不到裸露的黄土地，绿化一直延伸到山脚下、公路边、房前屋后。在外地所住的宾馆，设施与东京一样——整体浴室、星级服务，不一样的只是面积比东京宽敞许多。我们足迹所到，目力所及，都是那么干净整洁、舒适方便。哪怕在荒郊野外的服务区，也有便利店、加油站、修车点以及为客人服务的各种设施。乡下的卫生间同样豪华，装有自动水龙头、烘手机和随便取用的手纸，只是比城市清净许多。我们所去过的地方，不论城市还是乡村，没有发现一处马桶漏水或是脏臭现象，也没有遇到一间收费厕所。

四是国民的敬业精神。在这次学习考察中，我们接触了政府官员、社团工作者、企业经营管理者、商店营业员、生产一线工人、汽车司机等。我们感到，体力劳动和脑力劳动的差距在缩小、界限在模糊。我们参观过的两个食品加工厂，从原材料进厂到产成品入库，全部实现了机械化生产、自动化控制。工人没有重体力劳动，所要做的主要是通过电脑对生产过程进行控制，知识、技能的要求增加，体力付出相应减少。

各行各业从业人员的敬业精神令人印象深刻。我们所住过的宾馆，基本上看不到服务人员，但各项服务都很到位；我们所去过的商店，没有一处不是热情接待；我们所看到的各个岗位的工作人员，都是那样敬业。在福冈中央批发市场，代表团参观了一次拍卖鲜鱼的全过程。不到十分钟，来自中国的 9 船鲜鱼就各归其主。这当然得益于比较完善的制度和设施，但工作人员的敬业精神同样不可或缺。

代表团曾经包租过几次旅行车，开车的大多是比较老的师傅，他们发车都很守时，并帮助大家装卸行李；开车时精力高度集中，每行驶两个小时左右便会停下来休息一会儿；车一停稳，立即做好行车记录。这种认真负责、一丝不苟的工作作风，在每一位师傅身上都是"一个样"。

五是对残疾人的人文关怀。在日本，我们处处能够体会到对残疾人等弱势群体的人文关怀。机场、车站、宾馆、街道，所有公共场所都设有盲道和便于轮椅通行的设施。电梯间另外装有很低的按钮，方便残疾人和小孩使用。卫生间设置了残疾人专用和母子专用位置，就连洗面台也矮下去一截。城市是这样，偏远的乡下也是这样。

经过这一圈走马观花，我们当然无法看到日本的全貌，但以上几个"亮点"还是能够反映出日本在基础设施建设、市场化水平、国民敬业精神和文明程度方面的成就。虽然日本经历了"失去的 10 年"或是"停滞的 10 年"，我们经历了高速发展的 20 年，但两国间的差异仍然不可忽视。

一些不可思议的现象
——访日散记之四

在访日期间，我发现了一些令人费解的现象，但由于时间有限，来不及深入研究，也找不到现成的答案，只能暂且记录下来，以待日后探讨。

皇宫前的无家可归者。有一天，公务活动结束得比较早，田中带我们去参观日本皇宫。其实也就是在皇宫广场感觉一下天皇的存在，照几张相片而已。在拥挤的东京，皇宫广场是一片难得的开阔地，绿树成荫，肃穆庄严。就在绿树下面的草坪上，我们不时发现有用五颜六色的塑料布搭起来的"地窝子"，原来那是无家可归者的"家"。这些"地窝子"与周围环境显得很不协调。面对此情此景，我们不禁要问：日本的社会保障哪里去了？当局为什么让这些无家可归者待在如此显眼的地方？近在咫尺的皇室为何不体现"浩荡皇恩"？这些问题让我们百思不得其解。

步行街上的"飞车族"。东京有许多步行商业街，街面不是很宽，却很热闹，行人可以自由自在地穿行其间。有一天晚上，我们几个正在街上散步，突然，刺耳的马达声由远及近，两辆摩托车飞驰而来。每辆车上都坐着两个身着奇异服装的小伙子，后座的人手上拿着一件不知名的"武器"，嘴里发出可怕的怪叫声。行人见之纷纷躲避，繁华的步行街一时出现了恐怖气氛。那么，"飞车族"是如何产生的？他们要干什么？当局为什么允许其招摇过市？我们这些外国人一时找不到答案。

银座的"小骗子"。银座是东京乃至世界闻名的商业街，然而，在这里我们遇到了一个"小骗子"。此人其貌不扬，却巧舌如簧。他在推销一种自称会动的"小人"。那"小人"十几厘米高，在场地中央跳来跳去，四周围了一圈看稀奇的人。我们中的一位团员不知就里，就连小田中当时也没有识破这个骗术。结果，这位团员花1000日元买下一尊"小人"，但买回家后，这"小人"却怎么也跳不起来，着实被"小人"涮了一道。我们走后，"小骗子"摊位前又围上来新的一群人。过后，几个问题依然困扰着我们："小骗子"来自何方？他为什么敢于选择这寸土寸金的繁华之地行骗？

"引扬纪念馆"。在风景如画的舞鹤市，有一座"引扬纪念馆"。该馆是为了纪念战后日本战俘和遗骨归国而设立的。馆内对一些历史事件的记述严重歪曲了历史事实。例如把"皇姑屯事件"说成"张作霖暴死"；把"卢沟桥事变"说成"中日两国军队发生冲突"；把对我国其他一些城市的侵略说成"进入"。馆内非但没有提及日本军国主义对中国乃至亚洲人民造成的巨大伤害，反而以极大篇幅介绍日本人在战俘营中的所谓"艰苦生活"。在这个纪念馆院子中的小山坡上，每一棵树下都立着一块小碑，上面虽然都只有一行小字，但写着的全是臭名昭著的单位名称，如"关东军某某单位""宪兵队某某连队"等。真不知道这些曾经参与过侵略战争的日本老兵是为了反省战争、警示后人呢，还是另有他意？走出这样的"纪念馆"，我们心头迷雾重重。

中国货在日本的"待遇"。中国已成为日本的第二大贸易伙伴，中国货在日本的商店随处可见，但中国货在日本的"待遇"是一个值得注意的问题。我们发现，出现中国货比较多的是这样几种情况：一是"无印良品"的专卖店；二是"百元（约合人民币7元不到）店"；三是"定牌生产"。中国货在日本好像成了"廉价"的代名词。中国货为什么卖不出好价钱？如何打造国际知名品牌，增强中国货的竞争力？在未来国际经济新秩序中，我们将扮演什么角色？这些十分重要而又紧迫的问题，需要我们认真思考，严肃回答。

日本的无店铺销售业务及管理
——访日散记之五

以上拉拉杂杂，多是一孔之见，难免存在以偏概全、挂一漏万的情况。本次学习考察的主要任务是研究无店铺销售业务及其管理，本人又承担了代表团考察报告的部分起草任务，现在就言归正传，讲一讲我们所了解到的日本无店铺销售业务及管理情况。

（本节详细内容参见《"无店铺销售业务及管理研修班"赴日本培训考察报告》）

访美见闻

（二〇〇四年九月）

2004 年 9 月 12 日至 28 日，本人带领中国物流与采购联合会代表团去美国进行了考察访问。在代表团走访政府有关部门、行业协会和物流企业，参观高速公路、港口和仓库等基础设施的同时，本人忙里偷闲，从自己的视角对一些社会现象进行了观察与思考。见闻如下：

访美见闻之一：惊恐与"反恐"

911 是美国的报警电话，奥萨马·本·拉登选择在这一天袭击美国，此后全美拉响了"无限期"警报。2001 年 9·11 事件之后，美国全面加强了反恐措施，逐渐变得草木皆兵、戒备森严。

我们这次访美，适逢 9·11 事件三周年刚过，亲身感受了美国的反恐与惊恐。尽管我们在国内办理签证时就已经历经严格盘查，但在入境美国时，又是一番折腾。在美国本土乘坐飞机时，安全检查的严格程度令人难以接受：外套、鞋子都要脱下来，腰带要拿下来，浑身上下都要用探测仪器反复检查。手提行李要当面掏空，托运的行李也被多次开包检查。

严格而又烦琐的检查，占去旅客许多时间。目前，在美国乘坐国内航班，要求提前两个小时到达机场；乘坐国际航班，则要求提前三个小时到机场候检。安检门外，总是排着长长的队伍。有一次，我们从洛杉矶飞往华盛顿，虽然提前两个半小时进入机场，但还是差一点因为安检耽误了登机。

美国的反恐措施不仅增加了运行成本，而且给经济发展带来了负面影响。特别是航空业和旅游业，在9·11事件之后一蹶不振。我们去的时候，听说有两家航空公司相继进入破产保护。从我们所接触到的美国航班的服务质量、效率和上座率来看，也可见一斑。

落地以后，美国的惊恐气氛有增无减。在街头，我们多次听到警车的呼啸声，看到前面一辆消防车，后面一辆救护车驶过。入住纽约一家酒店的当晚，我们在睡梦中被警报声惊醒。不一会儿，消防车和救护车呼啸而至，折腾一会儿后又扬长而去。事后打听，原来是有一个房间的客人因为抽烟而触发了自动报警装置。

由于反恐的原因，许多过去允许游人自由出入的场所不再开放，许多地方增加了安检设施。进入政府部门要通过安检，进入博物馆参观也要安检。政府部门的门前都安装了水泥柱子，以防汽车冲击，就连垃圾桶的盖子也被拿掉了，以防被不法分子利用。国会山、白宫、五角大楼等要害部门更是如临大敌。

我们参观国会山的那天正好是星期天，街头只有零星的市民和游客，偶尔驶过的汽车自在而从容。然而，各种各样的警察格外引人注目：有坐在警车里的，有骑着摩托车的，也有骑马的；有站岗值勤的，有流动巡逻的，也有牵着警犬的。尽管我们的汽车在进入国会山地区时已经经过了例行检查，但行驶一段后，还是被一个骑着摩托车的黑人警察追了上来。不一会儿，又来了四五个警察，他们把我们的车子团团围住，收走了司机的相关证件，经过仔细检查核对之后才予以放行。随行的司机告诉我们，因为我在车上拿着摄像机边走边拍摄，引起了他们的怀疑。此后，我只有在确认可以摄像后，才敢把摄像机拿出来。

回到国内后，我看到一份相关资料：自9·11事件以来，美国向中国公民发放非移民签证的规定更加严格，这对在华美国公司的经营产生了显著影响。据对254家美国公司的问卷调查，有30%的公司认为这一政策对他们的经营产生了"消极影响"；另有10%的公司认为产生了"非常消极的影响"。美国的签证限制对信息技术、电子、汽车与航空等行业的部分公司的消极影响更加严重，而这些行业恰恰是美国在中国市场极具竞争力并保持领先地位的行业。

经济发展与反恐，当两者发生矛盾时，美国选择了后者。然而，9·11事件已经过去3年，美国主导的反恐战争也持续了3年。为什么恐怖主义越来越肆无忌惮？美国的反恐措施为什么未能收到实效？什么时候才能使美国人民以及来到美国的各国人民不再惊恐？

访美见闻之二：落后与先进

初到夏威夷，与一位王姓女导游讨论电话卡的问题时，她竟然说"美国是一个落后的国家"。这样的评价，大大出乎我的意料。

小时候，我对美国的印象是"垂死的、腐朽的、资本主义国家"，"日薄西山""气息奄奄"，那里的劳动人民正在受苦受难。及至改革开放，我们从各种渠道了解到的美国印象却是经济发达、科技先进，处处走在世界前列，美国仿佛成了当今世界"先进"的代名词。

刚踏上美国的土地，就得到一个"美国落后论"，不免有些惊讶，但仔细观察后，似乎也不是全无道理。在美国，我们很少见到崭新的建筑，也没有处处施工的景象。除了纽约曼哈顿地区外，许多地方少见高楼大厦，就连首都华盛顿也鲜有10层以上的建筑。美国总统居住的白宫，也远没有我们想象的那么雄伟，被导游戏称为"白色的房子"，甚至可能比不上中国沿海地区个别乡镇的办公楼。

一些我们认为"落后"的东西，在美国仍然大行其道。在夏威夷，木质电线杆随处可见，搭配着木制横担和几十年前的瓷头，架着好几排电线。甚至在华盛顿的许多地方，也没有完成电线"入地"工程，老式木电线杆依然在执行任务。房间里的电视机款式至少比我们落后 10 年，导游使用的手机也不是最新款。在旧金山，1873 年设计的木制缆车还在运营。与欣欣向荣的中国相比，与我们的北京、上海等大城市相比，美国的"落后"随处可见。

然而，如果单从这些表面现象就得出"美国落后"的结论，未免失之偏颇。美国的"落后"，正是来源于它的"先进"。早在 20 世纪 30 年代，美国就出现了 102 层高的"帝国大厦"，1280 米长（主跨长度）的金门大桥。早在 20 世纪 50 年代，美国就启动了它的高速公路系统建设，并于 20 世纪 90 年代基本完成，几乎凡是有人居住的地方就有公路相通。早在 20 世纪 80 年代就有了占地超 8000 英亩（约为 32 平方千米）的斯坦福大学。如果用上述时间节点来考察当时的中国，乃至当时的其他国家，还能得出美国"落后"的结论吗？

美国的"落后"，还因为它绝不轻易改变"落后"。曼哈顿地区高楼林立、道路狭窄，但当地人没有用现代人的眼光来搞"宽马路""大广场"。许多城市的道路并不宽敞，但没有进行"拆迁改造"。华盛顿的基本城市格局，还保留着 200 多前的设计思路。原因有二：其一，房地产属于私人所有，"神圣不可侵犯"，即使是政府也不能随便征用；其二，政府的资金来自"纳税人"，动用起来也非常不易。即便出现一位急于"改变城市面貌"的市长，他一不能随意动地，二不能轻易动钱，只能任由城市面貌"落后"下去。这使得美国的历史建筑和城市格局得以较好地保留。

美国的"落后"与它的实用主义密切相关。该奢华的地方，极尽奢华；该节省的地方，尽量节省。我们住过的酒店，大堂都比较狭小，房间却相对宽敞。好莱坞的多层停车场，其高度设计得恰到好处，车子驶入时会让人担心高度不够而捏一把汗。

我们看到的美国高速公路，有的双向多达 14 条车道，有的只有 4 条车道，还有的刚够两辆车相向驶过。然而，在宽阔处未见道路闲置，狭窄处车流依然顺畅，感觉美国的高速公路是一个不紧不慢、运行自如的网络系统。直至访问美国交通部，我们才得出结论。美国高速公路建设有一套完备的论证制度。什么样的路由哪一级政府负责，由什么样的组织调查论证，什么规模，谁来投资，环保评价等工作都做在前面。更多地讲究"适用"，而不是一味追求"先进"。

美国的"落后"在外表，而"先进"在细节。透过外表深入观察，我们才能体会到美国的先进之处。这里只举"人流"和"物流"两个例子。在华盛顿杜勒斯机场，我们看到了无缝对接的摆渡车。车体本身就是一个房间，一头连着候机楼的门，当我们进入这个房间的时候，其实已经上了车。等车开过去，另一头与另一个门无缝对接。在旧金山的伊丽莎白港储运公司，我们看到了与仓库无缝对接的集装箱。集装箱可以直接与仓库对接，仓库的小型叉车可以进入集装箱装卸货物，实现了从工厂下线到商店销售的"一贯化"运输，大大节约了物流费用，加快了物流速度。

当然，我们走马观花，看到的东西十分有限，难免以偏概全。但通过这次美国之行，我们对"先进"与"落后"有了新的理解，对那种动不动就追求"最大""最好""最先进"的想法也有了不同的看法。

（此文作于 2004 年 10 月，被《北京日报》《经济参考报》等多家报刊和"每周中文在线"等众多网站转载）

访美见闻之三：在美国的中国人

我们这次访问由一家加入美国国籍的"中国人"开办的公司负责接待。购物在中国人开的商店，就餐在中国人开的餐馆。导游、老板、打工仔以及食客、游客、顾客，到处可见"中国人"的面孔。这些"中国人"，有的已经加入美国国籍，被称为华裔美国人；有的持有"绿卡"，人在美国，其实还是中国人；也有的在那里"打黑工"；当然，也有像我们这样在美国短期访问旅游的中国人。

尽管美国签证制度非常严格，但在美国土地上经常可以看到成群结队的同胞。北京的、东北的、四川的、广东的、福建的，偶遇国内邻居的事例也屡见不鲜。由于参观线路大同小异，购物、就餐选点相同，不同团队之间经常碰面，竟在异国他乡成了"熟人"。如果美国签证制度适当放宽，依目前国内居民的生活水平和旅游意愿，访美人数定会急剧上升。

当大批中国人蜂拥而至，在美国的"中国人"就生意兴隆。我们接触过的几位导游都提到，2003年国内"非典"期间，他们近乎"失业"的经历。

现在有条件出国访问考察的人，往往是上了年纪、有一定地位和经济实力的人。然而，这些人中精通英语的比较少，在美国最大的困难是语言不通、文字不懂，加上时间仓促，不可能对美国社会做深入了解。这样，在美国的"中国导游"就成为这些人了解美国社会的重要渠道。

这次在美国，一共有5位"中国导游"负责安排我们的全部活动。他们当中有男有女，年龄从30岁到50岁不等，分别来自国内东北、华东和华南地区。来美时间短的有五六年，长的已十几年，有的已加入美国国籍，有的持有"绿卡"。尽管年龄、经历、性格各不相同，但他们的共同点还是比较突出的：

一是高度的敬业精神。我们在每一地的活动，只有一位导游负责，他既是司机，又是导游。从联系、接机、安排食宿，到组织参观、购物、公务活动，都安排得非常周到。每到一地，导游总是在行李提取处等候。回到酒店，导游要把客人安排妥当以后才离开，而且不忘留下联系方式，以便客人有事联络。无论参观、购物，还是公务活动，他们都尽最大努力使客人满意，对一些额外的要求也尽量满足。送客时，他们会一直送到安检口，并不忘与下一站导游做好交接。从始至终，我们都感觉没有留下"空当"。在美国的"中国人"的这种敬业精神，在国内同行业是不多见的。

二是十分关注国内形势。他们当中，虽然有的已经"入籍"，有的持有"绿卡"，名义上还是中国人，甚至有的人不太赞同国内的某些做法，但他们十分关注来自国内的消息。他们爱听中国广播，爱看中文电视，爱上中文网站，喜欢与国内的人聊天。他们对国内的了解程度，不亚于刚刚从国内出来的我们。有人提起过 7 月 10 日北京的大雨，有人报出国内流行出版物的名字，也有人传播国内的各种笑话。他们信口评论国内的政治、经济、社会、文化，盼望中国强盛，拥护祖国统一，其"爱国"情怀丝毫不逊于我们。相比之下，他们对美国的情况，特别是美国的政治不太关心。许多人主动放弃参与政治活动，甚至不去参加总统选举。可见，对于华人来讲，一个人的"国籍"是外在的、附加的，出生地的影响才是深入骨髓的。

三是比较认同美国文化。这些在中国出生的"美国人"，或者是生活在美国的"中国人"，工作其实非常辛苦，生活也不是十分富裕，但他们愿意长年累月在美国"打拼"。坐上他们开的车，发现他们对交通规则的遵守近乎刻板，绝不会闯红灯。遇上横过马路的行人，他们会主动减速让行。车上的垃圾，哪怕是一个纸片，也不会乱扔。客人喝过的矿泉水瓶，他们要求做好标记，若有人扔掉半瓶剩水，他们会显出不悦之色。他们对美国的纳税和福利制度津津乐道，据说每年都能收到税务局寄来的清单。纳税和养老待遇挂钩，一一开列清楚。他们还讲起许多因造假受到惩罚的事例，以证明诚信在美国的地位。

当然，美国是一个多元化的社会，来自世界各地的人们创造了美国文化。对美国文化的认同，是在美的中国人愿意长期生活在美国的一个重要原因。

"物流"的声音亮起来

（二〇〇四年十二月）

3年前，中国物流与采购联合会组建不久，领导便安排我负责行业新闻工作。物流行业的发展态势如何？新闻工作该如何下手？面对新的单位和新的岗位，我心中一片茫然。

3年过去了，我国现代物流步入发展的快车道，物流的声音在社会上越来越响亮。原有的物流及相关媒体加大了宣传力度，许多行业媒体开设了物流专版、专刊、专栏，有超过100家的各类报刊参与了物流新闻宣传，各种综合性和专业性物流网站发展到1000个以上，中央电视台、《人民日报》、《经济日报》、新华社等主流媒体也不时发出有关物流的声音。

我庆幸自己赶上了物流发展的好时候，结识了一大批热心物流新闻的好朋友。每月，各种与物流有关的样报、样刊都会送到我的案头；每周，都有新的物流新闻要发布；每天，总有新闻界的朋友来电或来访。在领导和同事们的支持和鼓励下，我们尽力做好行业新闻服务工作。3年来，我们已成功举办9次"中国物流专家论坛"，出版了3本《中国物流发展报告》，多次召开新闻发布会、座谈会或见面会，组织开展了2次"中国物流与采购好新闻"评选活动、3次"中国物流与采购十件大事"的评选和推荐。所有这些都得到了新闻界、物流界朋友的大力支持。

3年前，我刚刚调来北京不久，几乎是"两眼一抹黑"。现在，我的名片数据库存储量已经超过2000人，其中新闻界的朋友接近200人。

物流是我的工作，更是我的大学。3年来，我国物流行业发展突飞猛进，形势的发展和工作的压力迫使我努力学习。我尽可能参加行业会议，浏览行业新闻，向身边的领导和同事们学习，向行业专家学者请教。在适应日常工作的基础上，我还应邀参与了全国物流规划、物流课题的研究起草工作，组织策划了一些重要的行业会议和活动。通过这些工作，在这所没有围墙的"物流大学"里，我明显感觉自己的知识和能力从知之不多到知之较多，从无法适应到逐步适应。

过去的3年，是我国物流信息化快速普及及其水平不断提高的3年，也是我与信息化"亲密接触"的3年。3年前，我不会上网，不会收发电子邮件，甚至不懂发短信。现在，在周围同事们的帮助下，电子化办公已成为我须臾不可离开的基本工具。过去，查找资料主要靠人工收集，包括建立"剪报集"；现在，只要键入关键词，相关资料一点即到。过去，工作联系主要靠信件、电话、传真；现在，通过电子邮件，相关信息瞬间可达。利用信息技术和工作平台，我大大提升了工作效率。去年一年，我的个人电脑形成了700多个文件。最近，我通过搜索发现，有关本人的消息已经超过1000条。从3年来工作经历的一个侧面，我也能感受到物流的声音越来越响亮。

（此文为"我这三年"征文所作，原载于《中国交通报》）

天壤之别 20 年

（二○○五年八月三十一日）

20 年，在人类历史的长河中，只是短暂的一瞬。然而，从 1985 年以来的 20 年，我们的国家，我们的行业，我们的《物资信息报》，乃至我们自己，却经历了翻天覆地的变化。真是沧海桑田，天壤之别！

20 年前，改革开放起步不久，神州大地百废待兴。联产承包责任制，助力亿万农民摆脱了饥饿的煎熬，"万元户"成为一颗颗耀眼的"新星"。把"承包制"引入城市，扩大企业自主权。我国经济体制挣脱了"计划经济"的束缚，在"市场经济"的大道上飞速奔跑。打开城门，敞开国门；设立经济特区，吸引外商外资；个体户出摊，科技人员下乡；知识青年返城，农民工转战大江南北；出国学习、工作、经商、旅游，国人的足迹遍布五大洲。20 年过去了，看看我们的衣食住行，问问每一位有良知的中国人，想想我们的心路历程，谁不说生活变化大？谁不说改革开放的政策好？

20 年前，我们的"物资系统"何等"风光"？上到国家物资部，下到乡镇物资供应站，"金木水火土"，哪一样不归物资部门掌管？无论在什么场合，只要提到在物资部门工作，别人都会刮目相看。

20 年过去了，传统物资部门的"涅槃"，换来了生产资料流通方式的重大变革，换来了生产资料市场的空前繁荣。过去"一票难求"的物资，如今堆积如山；过去"门难进、脸难看、话难听、事难办"的"官商"，如今变成了笑脸相迎的"市场";过去几十年不变的价格、"双轨制"价格,如今随着市场供求起伏波动;"计划饭""差价饭"变成了"市场饭""服务饭";过去为省去电报稿上的一个字费尽心机,如今网络信息实时传输,电话、传真也显示"老土";过去计划分配、统一调拨,"铁路警察,各管一段",如今挖掘"第三利润源",现代物流在流通领域大显身手。随着经济体制的转轨、对外开放的扩大和科学技术的进步,生产资料流通行业正以崭新的面貌展现在世人面前。

20 年前,《物资信息报》伴随着改革开放的春风,在华北重镇石家庄呱呱坠地。20 年来,报纸面向"物资",传递"信息",不断扩"报",成为存活时间最长的物资行业报之一。开本由最初的"合订本",逐步发展到对开日报,版面从 4 版、8 版扩展到 12 版;发行地域由河北、华北走向全国;报道内容由物资信息逐步扩展到物流与采购领域。特别是近年来,《物资信息报》顺势而为,积极转型,孕育出全新的《现代物流报》。《物资信息报》的20 年,是忠实记录物资流通行业改革发展历程的 20 年,是艰苦创业、顽强拼搏、与时俱进的 20 年。一代报人奉献、奋斗创立的基业与精神,已成为《现代物流报》迈向新征程的"起跑线"。

阴错阳差,斗转星移,我与《物资信息报》有着割舍不断的情缘。20年前,刚刚脱离体力劳动的我,在一家木材公司从事文秘工作。当时各类媒体不多,物资报刊更少,就连《中国物资报》也尚未问世,我常常为自己的"产品"找不到"出路"而苦恼。某一天,我偶然得到一本名为《物资信息》的"小本本"。我马上写信与他们联系,不久就被发展成"通讯员"。于是,我不仅自费订阅了这个"小本本",还不时把自己的"作品"寄去投稿。以至于 20 年过去了,"石家庄市中华北大街 3 号"这个地址,依然烂熟于心。我记得有一篇题为《对原平县坑木承包供应的探讨》的文章被采用,当时着实让我高兴了一阵子。

想不到,在之后的岁月里,我与《物资信息报》越走越近。20 世纪 90

年代初期，我的工作由地区调往省城，在领导的支持下，我创办了一份省级物资行业报。在1993年前后，《物资信息报》有一位姓凌的总编，在现任报社副社长宗树明的陪同下，来到我所在的单位，商谈双方的合作事宜。算起来，我与宗树明相识已有十多个年头。

1996年，全国物资流通行业协会秘书长会议在山西太原召开，我有幸参与了接待工作，因此结识了《物资信息报》的现任总编辑马成骧同志。屈指算来，我与老马的相识、相交已逾9年。再后来，我的工作调往中国物资流通协会，与报社的王艳菊书记有过工作上的联系。特别是协会更名以后，领导安排我负责联系行业新闻单位，与报社的交往成为我工作的一部分。2001年，我们在北戴河举办了行业新闻工作会议，我和王书记等一起完成了相关的会务工作，也因此结识了报社更多的同事。

2000年，武俨同志任社长后，报社的改革与发展迈出了新的步伐，多次提出报纸更名、主管单位变更的意向。在中国物流与采购联合会的重视与支持下，这项工作逐步推进，我也为《物资信息报》的"转型"做了一些力所能及的工作。

20年来，《物资信息报》吸引了一批"物资人"，凝聚了深厚的"物资情"。最近几年，我每年都应邀参加报社举办的通联工作会议，得以见到原《中国物资报》各地记者站的老朋友，也结识了许多新朋友，他们的名字已深深地印在我的脑海中。刘长庆、温格林、彭绍政、赵振立、石建跃、王立华、朱震达、孙英、刘青栗、何敦美、常爱萍、王和平、李纪澜、高信学、李灵芝……

20年过去了，当时呱呱坠地的婴儿已长大成人；当时三十郎当的我已过"知天命"之年。20年来，我们紧紧追赶时代的步伐，适应行业的变迁，为能够结识并一步步走近《物资信息报》而自豪，为能够为她做一些力所能及的事情而骄傲。如今，《现代物流报》即将诞生，《物资信息报》就要掀开新的一页。我愿意在自己的有生之年，与报社全体同人以及所有关心和支

持该报发展的各界人士一起，为新生的《现代物流报》多做工作，让这张
"年轻的老报纸"在推进我国物流现代化进程中再立新功，使她在我国行业
报之林中再攀高峰！

（原载于《物资信息报》）

改革开放好时代　现代物流大平台

（二〇〇八年十月）

30 年前，我们党召开了具有划时代意义的十一届三中全会，我们的行业开始引进"物流"概念。这两个重大事件，使我们的国家发生了翻天覆地的变化，我们的行业获得了突飞猛进的发展，我本人的命运也从此出现了意想不到的转机。

如今，"物流"的产业地位在国家"十一五"规划中得以确立，"大力发展现代物流业"已成为经济社会发展的重大战略和基本政策，我国现代物流业的发展引起了世界的广泛关注。30 年来，我从山西省定襄县木材公司的搬运工起步，经地区、省城，最终来到北京工作，并有幸参与全国物流业规划及政策研究工作。

30 年的历史性巨变，使我认准了一个道理：个人的成长与进步，同国家的命运、行业的前途紧紧地联系在一起。

1966 年，我小学毕业，因为众所周知的原因，被迫中断了学业；13 岁开始，我就在澡堂做临时工，在生产队淘大粪，也当过队里的记工员、统计员、会计员；1974 年，我以"协议工"身份进入县木材公司当工人，历任班组长、车间主任，直到 1980 年脱离体力劳动；1983 年起，我先后调入地区木材公司、地区物资局和省物资厅工作；1985 年，我通过业余学习取得了中央电大汉语言文学"优秀毕业生"称号；1990 年，我转为城市户口；

1996 年，我被破格授予副高职称；1998 年，我借调至北京工作，2000 年正式成为中国物资流通协会的一名工作人员。

2000 年，随着改革开放的深入和现代物流的发展，中国物流与采购联合会成立，我这个"小学生"有幸迈入现代物流的"大平台"，能够和各方人士一起参与行业发展的一些"大事情"。

——协助政府决策。受领导委托，我参与了《全国现代物流业发展规划》的编制起草和讨论修改工作。作为全国现代物流工作部际联席会议的联络员，我协助政府部门组织策划了"全国现代物流工作会议""全国首届制造业与物流业联动发展大会"以及部际联席会议等重要活动。在此过程中，我负责起草领导同志的讲话稿，并对会议材料进行审核把关。我组织完成了国家发展改革委、国资委、财政部、商务部、国家开发银行等委托的 30 多项研究课题，有的成果已转化为政府有关部门指导物流业发展的政策性文件。在此基础上，我向各级地方政府延伸服务，先后为上海、浙江、广东、云南、辽宁、山西、宁夏、广西、海南等地政府的有关部门策划会议、评审项目、举办讲座或提供咨询服务，同时学习总结并推广各地工作经验。

——为行业、企业服务。我连续 16 次组织举办"中国物流专家论坛"，为行业企业提供交流与服务的平台。向政府有关部门反映企业诉求，争取有利于行业发展的相关政策。在推进物流企业税收试点改革、国家支持的物流项目评审以及协助企业解决融资困难等方面，已取得实质性进展。我连年组织召开物流园区交流研讨会，发起组建了"全国物流园区协作联盟"，组织开展全国物流园区调研工作。此外，我先后为中国外运股份有限公司、淮南矿业集团、河北物流集团、太原钢运物流、北京空港物流基地、浙江传化物流基地和山东盖家沟物流园区等企业提供战略规划论证和项目咨询服务。

——组织开展物流研究。我发起组建了有 50 多家单位参加的"全国物流研究机构协作网"，组织聘任了 100 多名"中国物流学会特约研究员"。发起创立的"中国物流学会研究课题"已设立 200 余项。组织召开的"中国物流学术年会"，每年收到物流方面的论文 500 余篇，已成为目前国内同行最具影响力的专业会议，并在东北亚地区有一定影响。目前，正在发起设立"中国物流学会产学研基地"，以进一步推进研究成果的推广、转化与应用。

—— 参与物流新闻出版工作。我按年度编辑出版《中国物流发展报告》《中国物流学术前沿报告》和《中国物流重点课题报告》。发起组建了"全国物流与采购行业新闻媒体联席会"，促成《现代物流报》的创刊。在《求是》《经济日报》《经济要参》《半月谈》《中华人民共和国年鉴》《中国经济年鉴》《中国商务年鉴》等书报刊发表专业文章 100 余篇，协助中央电视台策划了《对话物流》节目。

—— 发展国际交流与合作。我曾出访美国、日本、芬兰、挪威等国，接待过韩国、日本、美国等同行的来访，与美国农业部展开合作项目，为日本贸易振兴会做演讲，为商务部发展中国家物流官员培训班授课，参与了《中日韩物流联合报告书》的编写工作。

"大平台"也是"大学校"。通过这所没有围墙的"大学"，我有机会与全国物流行业"政、企、协、研、媒"各个层次建立了广泛联系。从同行领导和同事们身上，我学到许多过去不曾学过的东西。一个原来只有小学学历、农村户口的临时工，能够成为全国物流行业的专职研究人员，为行业发展做些事情，一靠改革开放的"天时"，二靠现代物流的"地利"。当此庆祝改革开放 30 周年之际，我发自内心地感谢改革开放的好时代，感谢现代物流的大平台。

（本文为庆祝改革开放 30 周年而作）

有效降低全社会物流成本的施工图

（二○二四年十一月二十九日）

近日，《有效降低全社会物流成本行动方案》（以下简称《行动方案》）以中办、国办名义公开发布，从全局和战略高度对推动有效降低全社会物流成本行动作出全面部署。这是现代物流领域的第一份中央文件，具有重大而深远的里程碑意义。

统筹推动、全面部署的施工图

《行动方案》既高屋建瓴，以习近平新时代中国特色社会主义思想为指导，完整准确全面贯彻新发展理念；又系统全面，涉及有效降低全社会物流成本的全要素、全流程工作部署。全文分为七部分，提出 20 项举措，涉及 100 多个政策点，结合实际，点点落地。

第一部分，"总体要求"提出了指导思想和主要目标。确定了以服务实体经济和人民群众为出发点和落脚点，以保持制造业比重基本稳定为"基本前提"，以调结构、促改革为"主要途径"。明确了三个"基本关系"，即调整结构与深化改革、建强网络与畅通末梢、打造枢纽与优化布局。最后落到"统筹推动物流成本实质性下降，有效降低运输成本、仓储成本、管理成本，为增强产业核心竞争力、畅通国民经济循环提供有力支撑"。

《行动方案》提出的主要目标是：到 2027 年，社会物流总费用与国内生产总值的比率力争降至 13.5% 左右。也就是说，经过 4 年努力，到 2027 年，比 2023 年的 14.4% 下降差不多一个百分点。这意味着，目标实现后，我国每年可节约物流成本约 1 万亿元，这也将转化为企业的实际利润。这一目标既十分艰巨，需要付出极大努力，但经过努力可以实现，是一个鼓舞人心的、跳起来能摘到的"果子"。

第二部分为深化体制机制改革。《行动方案》贯彻《中共中央关于进一步全面深化改革 推进中国式现代化的决定》精神，提出了"推进铁路重点领域改革""推动公路货运市场治理和改革""推进物流数据开放互联" 3 项改革举措，包含十几个政策点。其中，市场亟待破除的"堵点、卡点"有：促进铁路货运向铁路物流转型，改革铁路运输与调度生产组织方式，完善铁路货运价格灵活调整机制，降低铁路专用线规划建设和使用费用，促进过轨运输便利化等。涉及公路货运市场的有，发展规模化经营、现代化管理的大型公路货运企业，深入推进货车违法超限超载治理，优化收费公路政策，深化实施高速公路差异化收费等。在推进物流数据开放互联方面，提出建立物流公共数据资源开放互联机制、加强安全风险防范和促进企业物流数据要素市场化流通等一系列改革举措。

第三部分为促进产业链供应链融合发展。共提出 6 项重要举措，即：加快现代供应链体系建设，完善现代商贸流通体系，实施大宗商品精细物流工程，实施"新三样"物流高效便捷工程，推动国际供应链提质增效，打造现代化物流龙头企业和专精特新企业，包含近 30 个政策点。这一部分政策点最多，而且有一些新的提法。例如，鼓励大型制造企业与物流企业建立长期战略合作关系，支持利用工业园区闲置土地、厂房建设物流服务设施，支持有条件的地区建设大宗商品资源配置枢纽，鼓励大型工商企业与骨干物流企业深化国际物流合作，共建共用海外仓储等基础设施，推进内陆港建设工程，推动铁路国际联运单证物权化，实施现代化物流龙头企业培育行动，充分发挥民营物流企业在供应链产业链融合创新中的作用等。

第四部分为健全国家物流枢纽与通道网络。共提出 4 项举措，分别是：整合提升物流枢纽设施功能，加快健全多式联运体系，开展优化运输结构攻坚行动，构建现代物流与生产力布局协同发展新模式，涉及 20 多个政策点。主要有，优化国家物流枢纽布局，完善国家物流枢纽间的合作机制，科学集约布局建设城郊大仓基地等大型仓储物流设施，研究制定物流园区高质量发展指引，推广标准化多式联运单证，培育多式联运经营主体，深入推进国家综合货运枢纽补链强链，实施国家物流枢纽多式联运工程，强化货物特别是大宗散货和中长距离运输货物"公转铁""公转水"，实施铁路货运网络工程，补强铁路货运网络，深化交通物流融合发展，大力发展临空经济、临港经济，依托现有国家物流枢纽建设若干国家物流枢纽经济区。

第五部分为加强创新驱动和提质增效。分为推动物流数智化发展、加快物流绿色化转型和实施物流标准化行动 3 项，包含十几个政策点。主要有，提高全社会物流实体硬件和物流活动数字化水平，推进传统物流基础设施数字化改造，鼓励物流技术创新平台和龙头企业为中小物流企业数智化赋能，推广无人车、无人船、无人机、无人仓以及无人装卸等技术装备，制定绿色物流重点技术和装备推广目录，支持开展物流领域碳排放核算及相关认证工作，完善数字化、智能化、绿色化等关键领域物流标准以及专业物流标准，积极参加国际物流标准制定修订等。

第六部分为加大政策支持引导力度。分为加强投资政策支持、鼓励加大信贷融资支持力度、加强物流仓储用地保障、强化专业人才培养 4 项措施，包含十几个政策点。主要有：通过现有资金渠道，启动支持现代商贸流通体系试点城市建设；对企业利用原有土地进行物流基础设施改造升级的，按规定予以支持；推进铁路物流场站设施用地分层立体开发，完善相关配套管理制度等。

第七部分为加强组织实施。强调各地区各有关部门在党中央集中统一领导下，按照改革事项清单化、建设任务项目化要求，强化政策和要素支持。对发挥行业协会桥梁纽带作用也提出了要求。

两端发力，多方协同，推动《行动方案》落实落地

习近平总书记在中央财经委员会第四次会议上发表重要讲话，强调物流是实体经济的"筋络"，连接生产和消费、内贸和外贸，必须有效降低全社会物流成本，增强产业核心竞争力，提高经济运行效率。这就把"降低物流成本"的范围扩大到"全社会"，提升到产业核心竞争力和经济运行效率的高度。

我们通常所说的"物流成本"，一般是指社会物流总费用与 GDP 之间的比率。有效降低全社会物流成本，应从全社会、全要素、全链条系统考虑，从经济总量和物流成本双向发力。党的十八大以来，随着经济平稳增长、政策持续发力以及现代物流提档升级，我国社会物流总费用与 GDP 的比率由 2012 年的 18% 降到 2023 年的 14.4%。要使施工图保质保量按期落实落地，不仅要在物流"供给端"发力，也要在"需求端"使劲，做好供给端和需求端两篇大文章。

调整结构，做大做优经济总量。一是要加快发展新质生产力，特别是战略性新兴产业和未来产业。这些产业相较于传统产业，附加值高、物流量小、所需物流成本低，在相同经济总量条件下，可以大幅减少物流作业规模。

二是要持续优化区域产业布局。随着枢纽经济、临空经济、临港经济的发展，物流活动越来越向原料的生产地、商品的消费地和货物的转运地集中。培育发展物流枢纽经济、壮大完善产业集群物流配套、建设城市群和都市圈，推动产业链集中聚集，可以大幅缩短供应链空间距离。

三是要进一步扩大生产性服务业。要鼓励制造业企业分离分立物流部门，剥离释放物流功能，发展专业化、社会化物流企业，促进制造业服务化、智能

化。这是提高物流效率、有效降低全社会物流成本的一个重要途径。

四是要促进产业链供应链深度融合。现代物流要敢于突破企业边界，深度嵌入产业链，构建集采购、生产、销售和回收于一体的供应链服务体系。鼓励现代物流与供应链企业同生产制造和商贸流通企业建立战略合作伙伴关系，设计并采用一体化、柔性化、智能化的供应链解决方案。

五是要改变产品形状设计思路。从产品设计源头开始，鼓励"为物流而设计"。产品外形的规格尺寸与产品包装要适应运输、储存、配送、装卸、搬运、堆码和信息感知的需要，从而推动物流全链路提质增效降本。

深化改革，推动物流环节减量提质增效。目前，依靠简单地降低物流服务价格已无空间，"内卷式"恶性竞争贻害无穷。而聚焦整合资源、调整结构、优化流程、压缩流通环节，加快库存周转，发展共享物流等物流新模式则大有潜力可挖。

一是要精简压缩物流总量。我国地域辽阔，各地资源禀赋差异较大，西煤东运、北粮南运等大运量、长距离运输总体上推高了物流成本。为解决这一问题，应建设坑口电站，变输煤为输电，大力发展可再生能源及核能等清洁能源，减少煤炭开采和运量；发展产地粗加工，将原粮变成品、毛菜变净菜、原木变板材，减少无效运输和迂回运输。

二是要发挥网络效应。目前，151个国家物流枢纽已纳入重点建设名单，遍布全国31个省（区、市）。国家骨干冷链物流基地、国家级示范物流园区、各类货运场站等物流基础设施实现信息联通和业务协同，发挥网络效应，对于降低全社会物流成本意义重大。

三是要压缩流通环节。建立全国统一大市场，打通阻碍商品流通的堵点和卡点。发展数字化的商贸物流，推动电商物流发展，通过完善的物流网络实现产品从生产制造到消费者的高效连接，有助于降低社会物流成本。鼓励农超对接、农商互联的农产品供应链创新，让"菜园子"直通"菜篮子"。压缩流通环节，提高流通效率，降低物流成本。

四是要加快库存周转。库存量过大不仅会增加仓库面积和保管费用，占用流动资金，加重利息负担，还会造成产品的无形损耗。加强销售预测和订单管理，推行供应商管理库存、循环取货等管理模式，提高库存管理水平，可以消除低效库存，降低保管费用，节约流动资金，进而带动全社会物流成本的降低。

五是要调整运输结构。深化铁路货运市场化改革，推动公路货运市场治理和改革，因地制宜推进"公转铁""公转水""散改集""水水中转"，以价格为导向形成运输结构调整的内生动力。推动船、车、班列、港口、场站、货物等信息开放共享，实现到达交付、通关查验、转账结算等"一单制""一站式"线上服务。

六是要发展共享物流。任何一家企业都不可能"包打天下"，联合共享、合作共赢是必由之路。共享物流可以实现资源优化配置，从而提高物流资源的使用效率。共同配送、双向运输、共享云仓、互用网络等共享物流模式可以实现资源优化配置，提高物流资源的使用效率，有效降低物流成本。

有效降低全社会物流成本，有赖于统一高效、竞争有序的物流市场建设，也离不开适宜的政策环境。党的十八大以来，党中央、国务院高度重视现代物流发展，深化体制机制改革，破解了许多政策瓶颈，但仍有一些政策方面的堵点卡点需要进一步突破。例如，推进高速公路收费方式改革，消除各种类型的地方保护，持续深化公路超限超载治理，为配送车辆进城通行停靠装卸作业提供便利，进一步减少行政性审批证照，加强物流用地用海用岸线保障，加大投融资政策支持力度，有序推进物流数据信息开放等。所有这些，都需要各有关部门和地方在党中央集中统一领导下通力合作，强化政策和要素支持，共同推动《行动方案》落实落地。

（原载于国家发展改革委公众号 2024 年 11 月 29 日，我参与了相关文件的研究起草工作，这是为该文件的出台写的解读文章）

从"黄土地"到"皇城根儿"

——七十年人生感悟

（二〇二四年十二月）

1953 年 8 月 14 日（农历癸巳年七月初五），我出生在山西省定襄县城内的出租屋中。1960 年秋季，我进入城关小学学习。1966 年 8 月，小学毕业后，我即进入合作澡堂做临时工。1969 年 4 月，我回到城关公社城内大队当农民，先后任生产队记工员、会计员，大队统计员、会计员和广播员。1974 年 12 月，我进入县木材公司当工人（临时工、协议工），后任车间主任，1980 年，脱离体力劳动，担任生产主管。1983 年 8 月，我调入忻州地区木材公司（合同工），担任办公室文秘，后任计划供应科副科长、科长。1989 年 7 月，我调入地区物资局，创办并主编《忻州物资》内刊。1991 年 10 月，我调入省物资厅，任办公室副主任，创办了《山西物资报》。1998 年 1 月，我进京工作，进入中国物资流通协会，担任行业事务部副主任。2000 年 2 月，随着中国物流与采购联合会的重组更名，我先后担任办公室副主任、副秘书长、副会长等职，其间兼任中国物流学会执行会长、秘书长。

2023 年，我已迈过古稀之年，"工龄"接近一个甲子。回首过往，许多人生感悟刻骨铭心，现略记于下。

一、敢于登台讲话，人生的必修课

我的小学语文老师、班主任王春凤，是全县第一批掌握"新拼音"的优秀教师。我们班是她从教后所带的第一个班，她一直教到我小学三年级。当时，除了县广播站的一位周姓女士外，全县几乎没有人会讲普通话。面对几十个没有一点拼音基础、满嘴"土话"的"熊孩子"，王老师从"a、o、e"开始耐心讲解，不厌其烦。以至于那时候学的拼音字母深入骨髓，到老用拼音打字我还能运用自如。

困难时期，纸张是稀缺商品，王老师教我们学习汉字更多是采用"空书"的方式。老师在黑板上写一个字，同学们将左手背过去，伸出右手食指，对着空气比画"点横竖撇捺"，一遍又一遍地跟着老师念。直到烂熟于心，我们才能在"石板"上写"家庭作业"，最后"上抄本"也只能写一遍。3 年时间里，我们用这种方法学会了 3000 多个常用汉字，至今写起来也不会"缺胳膊少腿儿"。王老师教给我们的汉语拼音和常用汉字，成为我们终生受用的"看家本领"。

小学期间，我记忆最深刻的莫过于王老师把我推上了人生的"讲台"。记得 1961 年元旦放假前，全校师生开大会，十几个班、几百名学生在学校操场集合。大会开始前，王老师把我从队伍里喊出来，递给我一张巴掌大的纸，要我上台用普通话念出来。我连忙推脱，直往后退，但老师用非常严厉的口气说："不行！"在老师威严的目光注视下，我硬着头皮走上讲台，结果念着念着发现了一个生字。太阳的"太"学过了，心里的"心"也学过了，但两个字组合在一起，当时我就不知道怎么读。于是，我就跑下台去问王老师，她告诉我是表态的"态"。当我再次返回讲台的时候，胆子就大了起来，一口气用老师写的稿子、教的普通话发表了平生第一次"演讲"。我"演讲"完，王老师带头鼓起掌来，时任校长杜恩德当场表扬了我。

初次上台的"成功",打消了我对"讲话"的恐惧感,我的带有定襄口音的"普通话"演讲能力迅速提升。在小学期间,我担任过"红领巾广播站"的播音员、幻灯片放映的解说员,并多次作为小学生代表在全县的大会上做演讲。记得有一次,在县工商联开会时,因为我个头矮,校长把我抱起来,让我站在凳子上演讲。有一年庆祝"六一"儿童节时,我和副县长李召轩同坐主席台上,主持了全县的大会。我的"名气"在我们的小县城越来越大,连我的老父亲也听说县里来了一个"北京的娃",会说"标准话"。

这么多年来,我凭着老师"逼"出来的"胆量",从小学的操场、大队的高音喇叭,讲到县里、市里、省里,乃至全国各地,甚至中南海。面对国家领导人、地方主官、企业老总、军队将领、电视机镜头,无论什么场合,我都敢讲、能讲。如今回想起来,这些都得益于当年王老师的一"逼",使我过了"敢讲"这一关。北京奥运会后,我把王老师请到北京,师生二人坐在"鸟巢"里还聊起了这些往事,老师脸上露出会心的微笑。

二、爱上写作,"一支笔"陪伴一生

1965年秋,我们升入高小,编为43班。班级吸收了西关、北关的学生,在一个大庙里上课。我们班五、六年级的班主任是语文老师侯富成,他是我县知名人士邢道三先生的高足,琴棋书画无所不通。侯老师上课时往往手舞足蹈,表情丰富,优美词句顺口流出,篇章结构一气呵成。我特别喜欢上侯老师的语文课和作文课。发现我对写作的兴趣后,侯老师给予了我重点培养。

侯老师每次都会认真批改我的作文,并在全班讲评,还拿到外班、外校交流。他甚至把我写的文章推荐到县小报社、县广播站和全国性报刊。1965年,我曾收到《中国少年报》社寄来的明信片,上面写着"献给参加我们学习是为了什么小小讨论台的少年朋友们",背面印着英雄王杰的头像和语录。

在侯老师的精心培养和强力感染下,我对文字的爱好逐步成为一生的职业。早在生产队劳动时，我就写过《夜战"七三方"——记六班战士连续作战的英雄事迹》《铁锹挥舞传捷报　车轮飞转奏凯歌——"七三方"一场激烈的友谊赛纪实》等作品，并在大队高音喇叭广播。我们大队的书记参加县里的经验交流会时，念了我写的稿子《"三秋"大会战　六个怎么办》，受到了县领导的表扬。

我在县木材公司当工人时，领导安排我总结木材按需加工的经验。我把材料送到地区、省里、北京，我们公司因此被评为"全国物资战线学大庆先进单位"。我撰写的《定襄县木材公司是如何开展木材按需加工的》一文，刊登在中国物资经济学会主办的《物资经济研究》1984 年第 3 期。我带着这篇文章参加了省里的物资经济理论讨论会，此后，我每年都会有一篇文章被省里选中，参加全省、华北地区以及全国的物资经济理论讨论会。

在县里工作时，作为县委通讯组骨干通讯员和县文化馆重点业余作者，我曾获得县委宣传部授予的"1977 年全县宣传文化战线优秀工作者"荣誉称号。1983 年，因一篇经验材料的成功，我被调往忻州地区木材公司工作。在此期间，我主持编写了 12 万字的《管理制度汇编》。我的写作才能后来被地区物资局领导发现，于是我被调往《忻州物资》任内刊编辑。自创刊到终刊，我前后编辑出版了 26 期，共 83 万字。1990 年，省物资厅抽调我参加调研，我写的《参与大流通——侯马市物资局经营策略记》先后登上《山西日报》和《中国物资报》头版头条，这成为我进入省城工作的"通行证"。

在省物资厅工作期间，我在领导的大力支持下，创立了《山西物资报》，主编了 496 期，11 个合订本。在此期间，我担任办公室副主任，负责重要文字工作，并参与了《山西物资流通四十年》和《山西物资画册》的组稿、审稿和编辑工作。作为《中国物资报》的驻地记者，我每年在该报发表文章 30 余篇，其中 5 至 6 篇登上头版头条。我写的《小小轴承"大气候"——太原市机电设备总公司轴承公司纪事》一文获得中国产业报好新闻二等奖，当年整个报社只有 2 篇作品获此殊荣，本篇是驻地记者中唯一获奖的作品。

　　我得以进京工作，也是文章"开道"，一路"绿灯"。1996 年，中国物资流通协会在太原开会。我一连写了消息、通讯和评论三篇文章，占据了《中国物资报》头版的大半篇幅，引起了时任协会会长、原物资部副部长马毅民和当时参会的其他领导及工作人员的关注。1 年多后，我因此被借调进京，又过了 2 年，我办理了进京落户手续。在北京的 20 多年里，我的文章先后在《求是》《半月谈》《人民日报》《经济日报》等国家级媒体，以及新华社、中国新闻社、学习强国、中央电视台等重要平台发表，还有不少行业和地方媒体，也刊登了我的作品。

　　热爱是最好的老师，侯老师就是培养我热爱文字工作的启蒙者。侯老师在世的时候，我回去看过他几次，也把他请到北京来。每次见面后，他都会写来热情洋溢的信，谈他的感受。有一次，老师写的回忆文章曾刊登在家乡的地区报上。

三、"社会大学"皆我师

　　由于社会历史的原因，我没有高学历，正规的学校教育到小学六年级为止。然而，在社会这所大学里，我曾有过无数的"老师"，他们给予了我无穷的知识与力量。

　　在澡堂工作时，掌柜齐沛藻是我进入社会的第一位领导和"老师"。老齐早年"走口外"，新中国成立后率先在县城办起了营业性澡堂"大众池塘"，公私合营后更名为"合作澡堂"。他讲给我许多人生经历和为人处世的道理，还手把手教我待人接物、洒水扫地等技能。回到生产队后，我跟着赵元爷爷在菜园子干过一段时间，学会了许多气象谚语和种菜技术。在大队担任统计员时，与时任大队会计的祖仁叔同在一个办公室。虽然相处的时间不长，但我还是从他那里学到了许多财务知识，也借此窥见了社会的另一面。

在生产队、大队劳动的 5 年多时间里，对我帮助最多、影响最大的莫过于郑仁亮、齐金万和韩补才这三位。他们三位恰好比我年长 20 岁，后来都成了我的"忘年交"。仁亮叔是我们村里的党支部书记，在当时政治气候极其严峻、村里各种矛盾交织的环境中，他表现出来的沉稳大气、应对自如的风范使我记忆尤深。金万叔聪明能干、乐于助人，他领导的 12 队年年分粮、分红全村第一，深受社员们的尊敬和拥护。补才叔机敏过人，事事爱动脑筋，虽然没有上过几年学，但他说出来的话充满了辩证思维。从他们身上，我学到了许多在学校里学不到的东西，这些对我人生观、价值观和思维方式的形成产生了深远的影响。

在县里工作的时候，我拜县里擅长写作的人为师，因此我的写作能力得以迅速提升。我得到过县文化馆曾中令老师的提携，参加过曾老师组织的文学创作学习班，在他主编的文学刊物《定襄文艺》等刊物上发表过作品，还被吸收为重点业余作者。为了学习新闻写作，我经常向县委通讯组的老师请教。邢仁让（笔名"老新"）时任通讯组组长，亲自给我改稿，把我发展为县委通讯组的重点骨干通讯员。时任通讯组干事、后来做过中国青年出版社社长的胡守文老师，也为我改稿、荐稿，使我的名字第一次变成铅字，登上《山西日报》。通讯组的其他同志，如王登昌、刘伯生、张云凯、郭宁虎、张尚瑶等，都是我的老师，我向他们学习了许多新闻业务知识。此外，北京知识青年谭耀秋在县广播站工作时多次编发我的稿件，后来他调到地区电视台工作，也给予我许多帮助。县经委的贺笑中老师是我读电大时的任课老师，还是我发表经济论文的引路人。我参加全国第三次物资经济理论讨论会的文章，就是贺老师亲自动手修改的。

1982 年 8 月至 1985 年 7 月，我上了 3 年不脱产的广播电视大学，接触到了更多的老师。除了直接为我们授课的贺笑中、郗云龙两位老师和班主任赵涵泉老师外，还有他们利用自己的关系，从山西大学请来的全省知名的教授。例如，中文系主任马作辑、写作课教师孙秀乾、历史课教师杜世铎、语言学家田希成、文学评论家王政明等都来定襄电大班为我们授课。我的同学中，不少"老三届"也是我的"老师"，比如"老高三"徐建国、王欣泽等，"老初三"郭千祥等，都对我有过切实的帮助。经过3年的电大学习，我系统学习了汉语言文学专业知识，读过许多中外名著，为后来从事文字工作打下了一定的基础。

到了忻州地区以后，我主要从事文字工作，边写边学，我的"老师"就更多了，其中有三位给我留下了深刻的印象。第一位就是调我去忻州工作的地区木材公司经理王振州。1982年8月，省木材公司在五台山组织了全省木材系统工业统计学习班，结业考试我得了全省第一名。结业典礼上，王经理得知这个消息后，找我谈过一次话。王经理是新中国成立前参加工作的"老革命"，他的工作激情、待人热情对我影响很大。

第二位就是后来接任地区木材公司经理的樊祥瑞。他是"文革"前毕业的中专生，也是一位写作爱好者。我们经常在一起讨论文章立意、结构和文字运用。在他的帮助下，我顺利解决了"农转非"，变为吃商品粮的城里人。

第三位是忻州地区物资局局长刘包俊。刘局长早年毕业于兰州大学，理论功底和文字功夫相当深厚。他力排众议，我终于评上了中级职称，还把我调进地区物资局，主管内刊《忻州物资》。刘局长带我下基层调研，总结经验，发现问题，形成观点，从他身上我学到了很多。在忻州工作期间，木材公司的工友、物资局的同事、地区报社和地区电视台的工作人员，只要他们有一技之长，我都会向他们请教，也得到过他们的许多帮助。

在省城工作的6年多时间里，我在领导的支持和报社专业老师的指导下，创办了《山西物资报》，并全面负责报纸的组稿和编辑工作。这期间，我和山西新闻界的朋友建立了联系，其中包括时任新华社山西分社社长、后来担任新华社副社长的崔纪哲，时任《人民日报》山西站记者、后来担任中央人民广播电台台长的阎晓明，《山西日报》的记者张文记、刘伯生等。通过与这些人的交流，我学习了新闻写作规律和技巧。在办好行业小报的同时，我的新闻作品也不断登上各大社会主流媒体，并多次获奖。

山西省物资经济学会秘书长吕振江、副秘书长张晋生对我的影响也很大。在地区工作时，我多次参加全省物资经济理论讨论会，他们把我的文章推荐到华北地区乃至全国。当时，省物资厅办公室副主任郭进科（山西大学毕业）主要负责厅里的文字工作。我在地区工作时，经常给他送材料，得到了他的细致指点。为了把我调到省物资厅工作，他做了不少工作。他曾经组织了一次侯马调研，我们一起写材料、拍电视宣传片，这不仅使我开阔了眼界，更提升了我的工作能力。

在这里，不得不说一说我的"师傅"张化玺。他曾在北京工作，政治理论水平和思维方式非常人能比。我刚到太原的时候，他任厅办公室主任，后来做了副厅长、山西省物产集团公司总经理。张"师傅"对我的影响是全方位的。他给我改稿子时只做"减法"，经他修改后的文章精准而简练。他的一些"名言"令我至今难忘，例如："办公室工作，办了的都是小事，误了的全是大事""求全不全、求圆不圆""重践轻诺、事缓则圆""说实话、写短文"等。1993 年，在他的带领下，我们编写了《山西物资流通四十年》书稿和画册。在这项工作中，我又结识了一批"老师"，如省里的傅健敏、温泉贵，晋中的王冬霞，大同的师意刚、张润琴，朔州的王并生，长治的许惠义，吕梁的王立新等。这些人都是当时山西物资系统的精英，各有高招，我把他们视作"老师"，有的也许是"一字之师"。

到北京工作以后，我更有条件结识更多的"老师"。第一位"老师"非马毅民副部长莫属，正是马部长帮助我们一家从山西调入了北京。刚来北京时，我属于"借调"性质，多次参加他主持的文稿修改会议。他的严谨作风、对文字近乎苛刻的要求，特别是清正廉洁的作风，对我影响巨大。

第二位是时任中国物资流通协会副会长钟志奇。钟老年轻时曾任济南市委书记、后为国务院副总理的谷牧的秘书，曾是物资部机关的"一支笔"。刚到北京工作时，我写的文章首先要交给他阅改。此外，时任协会秘书长徐苗文，副秘书长毛洪、王明光等，也都给予过我悉心指导和无私帮助。

我到北京工作 2 年后，中国物资流通协会更名重组为中国物流与采购联合会，物资部原副部长陆江担任会长。我在陆会长手下工作了 10 年，主要工作就是陪同出差调研以及负责他的文字工作。他对大局的把握、发展阶段的定位、人才的培养使用以及工作方法，可以说炉火纯青、游刃有余。在他的领导下，确立了现代物流的产业地位和联合会在行业中的地位。陆会长的言传身教，对我开阔视野、提升格局、增强能力产生了重大影响。

说到中国物流与采购联合会的发展壮大以及我个人的成长，不得不提到另一位重要人物——常务副会长丁俊发。丁会长确定了联合会基本的业务框架，也为我指明了研究重点方向（物流发展趋势、规划、政策）。曾经的老领导戴定一，他的"方法论"也给我以深刻的启迪。联合会的主要领导何黎明、崔忠付、任豪祥、蔡进、余平等，我们共事 20 多年，他们也都是我的"老师"。

在社会大学的"老师"中，我不得不提到一个人——曾任中国农产品流通协会副会长兼秘书长的闵耀良。闵会长大学毕业后进入中南海，文字功底严谨细致。我们曾一起出差调研，对我写的文章，他会在纸质版上一字一句地修改，并亲自把"花脸稿"送还给我。像他这样给我改过稿子、提过修改意见和写作思路的"社会老师"数不胜数。他们来自政府部门、研究机构、高等院校、行业协会和重点企业等。特别需要指出的有国家发展改革委综合运输研究所所长汪鸣、中国物资储运协会名誉会长姜超峰、北京交通大学交通运输学院张晓东。20 多年来，我们经常一起考察调研、探讨问题、出席会议，我向他们学习理论知识、实践经验和为人处世的方式。天津大学刘伟华教授才思敏捷、研究深入。我提出思路、由他执笔，我们合著的《现代物流服务体系研究》一书已再版 3 次。"社会大学"的老师很难一一列举，正是这些"老师"帮我打开了"知识宝库"，让我一步步登上了成长进步的"阶梯"。

四、欲取之，必先予之

我在十多岁的时候就悟出了"欲取之，必先予之"这样一个道理。当年生产队给社员分的是原粮，需要自己驮到大队电磨坊磨成面粉。每到秋冬季节，社员们都要去电磨坊排队磨面。

一天早上，我爸爸把两大袋高粱用自行车驮到磨坊门口，然后上班去了，让我在那里等着。过了一会儿，磨坊工作人员上班了，开始给每家每户过磅。我看着两大袋粮食犯了难，于是就努力"帮助"前面身强力壮的大小伙。其实人家根本就不需要我的"帮助"，我也"帮"不上什么忙。在场的大人们看到我的举动，就问："小朋友，你什么意思？"我连忙回答："我爸上班去了，我抬不动麻袋。"旁边的"大哥哥"立即帮我把粮食抬上去，过完磅又抬到磨坊里。爸爸后来夸奖我做得对，说要想得到别人的帮助，先要帮助别人。

当时，我只是表现出帮人的姿态，就得到了别人的帮助。后来，贺笑中老师告诉我这叫"欲取之，必先予之"。自此，我把这点感悟用到以后的工作和生活中，取得了意想不到的效果。当年，实行粮食统购统销政策，社员有带着原粮到粮站换取"粮票"的需求。粮站工作人员业务繁忙，坚持按标准验收，许多人因为种种原因换不出"粮票"。我到粮站后，并不急于把自己的粮食拿出来，而是先帮助工作人员过过磅、算算账，等人家忙完了，我再去把自己带来的粮食放上去，很容易就顺利通过了。

在县木材公司工作的时候，我经常往县委通讯组跑，请人家帮我改"材料"。我利用工作之便，把木材公司的副产品锯末、刨花、劈柴等送到老师们家里。那几年，我和这些老师们都处得很好。他们经常给我出题目，改稿、荐稿，使我的名字变为铅字，登上地区报、省报。

这几年，外出旅游时，想照"全家福"，一般我会看周边有没有人也有类似的需求。找到目标对象后，我先给人家照好，再请对方给我们照，互相帮助，皆大欢喜。

我把这一感悟运用到工作中，屡屡奏效。从事协会工作20多年来，我始终坚持研究服务对象的需求，根据需求，做好服务。我们的服务对象主要有"三类"：政府、企业和专家。

为政府服务时，他们最需要的是"政绩"。我们通过反映企业诉求、提出政策建议、参与规划编制以及政策起草，为政府创造"政绩"。为企业服务时，企业追求的是"效益"。我们通过争取政策支持、传递信息、引进业务合作、组织交流互访、牵线搭桥等方式，为企业带来"效益"。专家是我们服务的第三类对象，他们需要的是"名气"。我们通过开展课题研究、召开会议，把他们的研究成果推广到行业内、社会上，让更多的人知道专家的"名气"。

多年来，为企业服务时，我坚持"有求必应、无求不扰"的原则。到一个企业后，首先看企业是否真有需求；企业需要支持时，首先问人家有什么需求，再考虑我们怎样去满足这些需求。这几年，我们就是按照这样的思路分析服务对象的需求，从服务对象的需求入手开展工作，搞好服务。随着工作的深入，联合会的名气在行业中也越来越大。

五、机会来了，要使劲抓住

我这一生走过县、地、省、京四地，历经小队（村民小组）、大队（村）、公社（虽未直接参与）、县级、地区（市级）、省厅、国家级（协会）六七个层级，换过七八个岗位。切身的体会是，机会来了，自己就要全力把握。

我的第一份工作——合作澡堂的临时工，是父亲认识澡堂的掌柜介绍的。后来回到生产队、大队，无须任何人介绍。再后来，能够到县木材公司做临时工，是因为县计划委员会办公室主任贾福义伯伯住在我家院子里。他看见我在农村的状况，就介绍我到他们分管的单位工作。再后来，离开定襄、忻州、太原，一直到在北京工作，每一次调动，每一个机会，我都下了"大功夫"，才终于把握住。

1982 年夏天，山西省木材公司在五台山办了个全省木材系统工业统计学习班，我由于学习上下了苦功，考了全省第一名。忻州地区木材公司经理王振州在我们培训班结业的时候，在五台山见了我。结果在当年秋天，他就把我叫到忻州，安排我为地区木材公司总结经验材料。

我到忻州的当天，王经理就召集他手下的副经理们开会，让他们介绍本单位的情况。他们当中多数是抗战时期的老干部，你一言我一语讲了许多，我认真做了记录。当时我想，这一定是王经理对我的"考验"，有可能是我人生道路上的一次重大机遇。于是，那个晚上我一刻没停，到第二天早上就把稿子写好了。王经理上班时，我已在办公室门口等他。他以为我有什么事要找他，我说稿子已经写好了。他十分惊讶，赶紧再次召集那些副手们来开会，我念给大家听。等我念完后，在座的各位都十分肯定，对我的写作质量和进度惊叹不已，王经理随即派我到太原的省木材公司送稿。

回来后，还有一个小插曲，很有意思。在王经理的办公室，坐着一个外单位的司机，他要去五台县接他们的领导。王经理就提出让这位司机捎我回定襄（忻州到五台必然经过定襄）。这是我头一回坐小汽车，到了定襄后，我竟然不会开车门，结果被司机嘲讽了一番。当时我没敢说什么，但这件事对我触动很大。我暗暗下定决心，一定要通过自己的努力增长才干，不能让别人瞧不起。

第二年夏天，王经理派人给我传话，地区公司同意给我定个合同，调我到忻州工作。我父亲支持我离开定襄到忻州，他说："这是俺娃出头的机会。"就这样，我在 30 岁这一年告别父母、离开家乡，踏上了新的人生旅途。

我第一次见到省物资厅李健民厅长是在 1990 年夏天。当年，忻州地区物资局在五台山举办"晋冀蒙物流研讨会",我负责会务工作,只身到太原请李厅长参会。忻州地区物资局在五台山北坡繁峙县沙河镇有个招待所,会议结束后我送李厅长时与她在楼道有过简短的对话。转年夏天,我应邀参加了省厅组织的调研组,到侯马市物资局总结销售过亿元的经验。我们写的侯马经验材料,先后登上《山西日报》和《中国物资报》头版头条,在全省同行业引起了轰动。因此,我才由忻州调往省城太原。鉴于我的工人身份,当时还得找一个对调对象,也就是要找到一个愿意从太原调往忻州的工人。这些麻烦事情都不需要我操心。由时任省厅办公室主任张化玺、副主任郭进科、苏建民、王香芬以及人事处副处长傅健敏等人帮忙处理了。就这样,我于1991年10月,38岁时离开忻州,借调到省物资厅工作,第二年办理了调动手续,全家也开始了在太原的新生活。

1996年8月,中国物资流通协会在太原办一个会。马毅民会长和协会工作人员都来到了山西。于是,我暗暗下定决心,做足了功课。当时,我已经是省物资厅办公室副主任、《山西物资报》总编助理(实际负责人),兼任《中国物资报》驻地记者。除了在《山西物资报》宣传会议精神外,我还一连写了三篇会议报道,这些报道占据了《中国物资报》头版的大半个版面。当我了解到马会长一行有到五台山参观的行程时,用一个晚上把第二天可能去的景点说明仔细看了一遍。到了参观现场,领导安排我陪同马会长并做介绍。利用参观间隙,我简要介绍了自己的情况,使马会长对我有了初步印象。

第二年,相同的会议在吉林长春召开,但会议报道大不如前。听说协会内部开会时,马会长提出疑问:"为什么长春的报道比不上太原?"众人纷纷表示这是人的问题。随后,协会提出调我进京的想法,但考虑到进京涉及户口、房子、家属等一系列问题难以解决,结果就放弃了这个想法。后来,我赴京面见马会长,再次表达了借调进京的意愿,并提出只要解决一张床,并不要求解决其他问题。马会长带我去见时任协会秘书长徐苗文,说:"这么大一个协会,难道解决不了一张床吗?"就这样,我放弃了太原的职务和待遇，再次告别家人和同事，于 1998 年 1 月 5 日独自来到北京，住进了集体宿舍。又过了 2 年，在马会长等人的积极协调下，2000 年 1 月 18 日，经国家国内贸易局申请，人事部签发调令，我的户口也经历了从农村户口到县城城市户口、地级市户口、省城户口，最终到北京市户口的跃迁。

回顾几次调动的经历，离不开自己平时日积月累的勤奋和得到了别人认可的业绩，也离不开上级单位组建不久、正缺人手的机遇。但机遇来了，如何抓住、怎样抓住也相当重要：放低身段，不要提出不切实际的要求。只要能进得来，努力干，一切皆有可能。机会来了，不要犹豫彷徨，要义无反顾，紧紧抓住。

六、出了娘子关，方知天地宽

前 30 年，我一直生活在位于山西北中部的定襄县城。我们县三面环山，总面积 800 多平方千米，常住人口不到 20 万人，我小的时候相对封闭。偶尔有外地人来访，询问百货公司或者邮政局的位置，我和小伙伴们总会热情回答，甚至亲自带路。但过后，我们几个便开始嘲笑他们："连百货公司、邮政局也不知道在哪里，这人也够傻的。"我们天真地以为，连小孩子都知道的地方，天下的大人哪有不知道的道理。后来，我到了忻州工作，忻州比定襄大了不少，但还是三面环山。及至到了太原，我感觉自己终于到了"大地方"了，不过太原也还有东西两山。正是这种"盆地意识"限制了我的想象力。

及至后来，我乘坐大巴车从太原前往北京。一出"娘子关"，看到一望无际的大平原，那一刻，我才知道天下如此之大，突然感觉自己是多么渺小。20 多年来，因为工作的原因，我跑遍了全国 34 个省级行政区，包括新疆、西藏和港澳台，起码踏访了三分之一的地市和五分之一的县。我也去过亚洲、欧洲和北美的一些地方，深感世界之大，个人之小。各地的风土人情各有不同，思维方式和物流运行模式各具特色，永远学不完，有一次，我应邀回省里讲课，讲到这个故事和感悟时，当时的省长立即打断我的话，讲起了山西人如何打破"盆地意识"的话题。

我在生产队当会计时，第一个办公室设在饲养处，那里也是队里的会议室，旁边是一个牲口棚。到了大队工作时，办公地点也在一处破庙里，同样兼做会议室。20 世纪 80 年代，在县木材公司，我有了与人合用的办公室，一间屋子里挤了 3 个人。后来，随着工作的调动，我不断变换办公室和会议室，也参加过各个层级的会议。头几年，我有幸多次进入中南海，列席过国务院常务会议，参加过副总理、国务委员和国务院秘书长主持的政策协调会。作为"十四五"国家发展规划专家组成员，我与林毅夫、李稻葵等国内顶尖专家一起讨论国家大事。每当参与这些会议时，我都会深深体会到"山外有山，天外有天"，需要学习和掌握的东西实在是太多了。

七、为行业发声，替企业说话

我到北京工作已近 27 年，所服务的单位——中国物流与采购联合会也已走过 24 个年头。20 多年来，我一直从事行业协会工作。为行业发声、替企业说话，不仅是我的工作职责，更是我做人的根本遵循。我创立了"物流园区工作年会""物流领域产学研工作年会"，接手了"中国物流学术年会"。此外，我还策划、主持或参加了各类座谈会、研讨会、恳谈会等不下百场，前往各地参与组织或发表演讲的场合近千场。其中，多次参加国务院、国务院办公厅有关司局、国务院发展研究中心、全国人大、全国政协、中国社会科学院、全国现代物流工作部际联席会议、国家发展改革委、财政部、交通运输部、商务部、工信部、国家税务总局、市场监管总局、国资委、国铁集团等部委和单位的企业座谈会、政策咨询会、规划研讨会等。在这些场合，我都坚持为行业发声、替企业说话。以下仅举几个印象深刻的例子：

2009 年 3 月，我历时 7 年参与研究起草的我国第一个物流业发展规划——国务院《物流业调整和振兴规划》出台，释放了我国现代物流业大发展的强烈信号。于是，我深入企业调研，多次组织召开座谈会，广泛听取意见和建议，最终形成 24000 多字的"物流发展 60 条"政策建议。这些建议内容涉及税收征管、交通管理、投融资、物流业制造业联动、企业做大做强和物流园区等影响物流业发展的关键问题。此文作为当年 9 月国务院办公厅现代物流调研组的基本线索，我本人也参与了调研组工作，深入京津冀、长三角和珠三角等地调研。其中的大部分建议最终被纳入《国务院办公厅关于促进物流业健康发展政策措施的意见》（国办发〔2011〕38 号文，俗称"物流国九条"），对改善当时的物流政策环境起到了积极的推动作用。这个过程虽然充满艰辛，但随着行业调整和振兴，我在能力、职务、人脉关系和影响力等方面都得到了扩展和提升。

2011 年 12 月，根据会员企业的反映，我通过深入调研写下了《关于物流业营业税改征增值税试点的政策建议》，并上报有关部门，但当时未引起重视。第二年两会期间，一位记者对我进行采访后，发表了物流业"营改增"后增值税不降反升的报道，引起了某部门领导的重视。第二天，我被请过去询问相关事宜，我拿出 300 多家企业 900 多个核算单位的数据说明情况。政府主管部门认可了我的调查结果，并邀请我一同前往上海进行调研。在此前后，我还陆续写了《关于国际货物运输代理服务免征增值税的政策建议》《关于延续土地使用税减半征收政策的建议》，这些建议被完全采纳；《关于物流业减少收费降低成本的报告》《关于进一步推进物流业减证放照的报告》得到部分采纳；《关于物流领域高新技术企业认定问题建议的函》《关于集团型物流企业合并缴纳增值税的政策建议》《关于改善公路货车司机生存状况的提案》等，引起了有关领导和部门的重视。

这么多年来，我们推动落实的社会影响最大的政策，莫过于"取消高速公路省界收费站"。我们在调研中发现，长期以来，全国高速公路实行以省划界、分省收费的管理体制，省界收费站成为严重拥堵地段，影响通行能力和效率。我们通过国家发展改革委把这个问题反映到国务院，2018 年 1 月，国务院办公厅召集有关部门在中南海召开政策协调会，我有幸参加了由国务院秘书长主持的会议。会上一共提出了 13 个与物流相关的问题，其中包括取消高速公路省界收费站等 7 个需要协调解决的问题。我有理有据地反映情况，提出建议，秘书长当场拍板，决定建议 2020 年前取消省界高速公路收费站。这个问题的圆满解决，不仅使物流车辆受益，也对全社会产生了积极影响。这次会议还确定了挂车车购置税减半征收的政策，对甩挂运输的发展具有积极的推动作用。

2020 年，一场突发的新冠疫情席卷全国，我们的工作也随之进入"紧急状态"。最紧张的时候，我每天 4：30 起床开始工作，了解动态、向上汇报情况、处理文稿、召开视频会议、接受采访。我们提出的设立中转调运站、阶段性免收高速公路过路费、善待货车司机和外卖骑手等政策建议被采纳，为保通保畅、复工复产、稳产稳链、恢复社会生活秩序发挥了积极作用。我提出，物流系统和城市供电、供水、供气一样，是城市一刻也离不开的基础设施；货车司机、快递小哥、外卖骑手等物流从业人员和保洁保安、医护人员（"大白"）一样，也是抗疫保供的重要力量。3 年疫情的考验和我们所做的工作，极大地提高了物流的社会地位。

2024 年元旦前后，我接到参加中央文件起草的任务。连续几天，每天下午 4 点，我们在国家发展改革委集中，晚餐也在那里解决，一直干到凌晨 1 点过后。我发现，在那里吃饭的人当中，我可能是年龄最大的一位。2 月 23 日，中央财经委员会第四次会议首次专题研究物流问题。11 月 27 日，我们起草的《有效降低全社会物流成本行动方案》以中办、国办"两办"名义公开发表，我应邀写了解读文章。该方案在全国物流行业乃至全社会引起了很大反响，能够参与中央文件的起草，也为我的 60 年职业生涯增添了光彩的一笔。

2018 年 6 月，湖南好友彭志勇陪同我参观岳阳楼，我曾写下小诗一首"烈日炎炎岳阳楼，千古绝唱进退忧。待到来日登高处，物流江湖有诉求。"这是我在触景生情之下，真情实感的自然流露。

八、为年轻人搭建平台，创造机会

人事有更替，事业要传承，将来一定是年轻人的世界。近几年，我利用分管中国物流学会工作的机会，创新中国物流学术年会举办方式，投入很大精力为年轻人搭建平台，创造机会。

2005 年，我开始接手中国物流学会的日常工作。2006 年，学会首次设立"中国物流学会研究课题"，在业内广泛征集题目，下达课题计划，并通过专家评审确定获奖篇目。到 2023 年，当年收到的结题报告达 417 份。学会通过产学研结合，促进成果转化，为众多年轻人提供了学习与实践的机会。2006 年，学会首次聘任"中国物流学会特约研究员"，从获奖课题、论文作者和研究能力强的会员中选拔聘任。到 2023 年，"中国物流学会第七届第一批特约研究员"已发展到 224 人，许多年轻人榜上有名。2007 年起，学术年会创新采用自主设立分论坛的方式。当年，各有关院校、研究机构以及企业设立了 13 个专题论坛。此后，每年的年会都会设立十几到二十几个专题分论坛，一大批年轻人有机会走上讲台展示自己。不仅如此，这一举措还激发了参会单位和个人的办会积极性。如今，中国物流学术年会每年参会规模达千人左右，其中百人以上都有发言机会。通过采用一系列创新做法，中国物流学会的会员规模，从我接手时的 117 人，发展到我交手时的超过万人，学会的凝聚力和影响力显著提升。

年轻的时候，因为年龄、学历、职务、职称等方面的不足，我本来有自认为很好的观点，却得不到发言的机会。于是，我根据自己的亲身经历和感受，从 2014 年起，在中国物流学术年会期间设立了"青年论坛"。该论坛面向 45 周岁以下，从事物流理论、实践、科研及教学的工作者，不限学历、职务、职称，只要观点鲜明且聚焦物流与供应链领域，都可以报名参加并得到专家指导和点评，特别优秀的人才，还可获得"青年新锐奖"。经过 10 年的不断完善、提升，该论坛现已成为物流与供应链领域一年一度发现人才、选拔人才、极具包容性和开放性的公益平台。10 年来，近 200 位年轻人在论坛上演讲，其中 30 多人获得"青年新锐奖"。通过在青年论坛的展示和锻炼，一批年轻的参与者在不同的工作岗位上取得新的进步，工作能力迅速提升，人生发展道路也得以提升。

2016 年，在海尔集团周云杰、王梅艳，以及日日顺供应链王正刚、于贞超、陶菊中等的支持下，中国物流学会联合日日顺供应链创立了创客训练营。我投入很大精力参与了前期策划，每年参与开营仪式、创客亮剑和获奖路演等活动，发表演讲。针对企业、行业、院校和学生的需求，我们以"激发创新思维，激励创业行动，激活创客梦想"为宗旨，聚焦供应链管理与场景物流服务，打造了行业首个大学生社群交互的创业创新共创平台。自 2016 年创立到 2023 年，训练营已连续举办 8 届，吸引了 2 万余名大学生参与，累计输出 355 个创新创业课题，申请国家专利 103 项，孵化落地应用项目 42 个。近 400 名参加过训练营的学生入职海尔集团系统，有的已经成长为小团队的"带头人"；200 余名学生成为中国物流学会学生会员，获得训练营金奖的 20 人被聘为助理特约研究员。2023 年 4 月，在中国高等教育博览会上，日日顺创客训练营作为全国普通高校创新创业类竞赛，被纳入《全国普通高校创新创业类竞赛研究报告》，成为入围的 22 项赛事之一，其在学界、行业的影响力不断增强。

九、"三不怕、两不怨、一切靠自己"

"十分钟很长，一辈子很短。"回望 70 年的人生路，我感慨最深的还是

"三不怕、两不怨、一切靠自己"。

不怕吃苦、不怕吃亏、不怕麻烦，这"三不怕"伴随了我的一生。小的时候，我经历了饥饿、恐惧和艰苦劳作的青少年时期。13 岁进入澡堂，一天工作十几个小时；16 岁回到生产队，跳进茅坑"偷过粪"，下到城壕刨过"城墙砖"，晚上放牲口，头上脚下套两个麻袋，躺在渠埝上睡过觉；21 岁在县木材公司搬运木材、上夜班、开电锯。改革开放后，我在地区木材公司熬过了多个不眠之夜。在省物资厅工作时，最后一个熄灯的总是我的办公室。进京工作以来，我追求的是"把时间用到极限，把工作做到极致"。我的辛苦没有白费，我锻炼了意志和身体，增长了才干。

与人打交道时，不怕吃亏，吃得"小亏"方得福。我从一个小县城走出来，小学毕业、农民出身，如今成长为"草根专家、山寨教授"。吃点"小亏"，又算得了什么呢？人的一生从出生到死亡，都离不开麻烦别人，而很多机会正是在麻烦别人的过程中得到的。刚到北京工作的时候，我对办公室的同志讲，但凡别人不愿意接、接不了的电话，都给我接过来。正是在被"麻烦"中，我得到了许多有用的信息，收获了许多。

人总是生活在一定的时空当中，必然受到时空的制约。我们绝不能做"两怨怨士"，一怨时间，二怨环境。天冷了就加衣，天热了就减少衣物，不要抱怨"老天爷"。自然环境如此，社会环境亦然。个人的命运同国家民族的命运紧紧地联系在一起。我这一生，要感谢改革开放的好时代，感谢现代物流的大平台。赶上了好时代，登上了大平台，再加上贵人的扶持，就看自己如何抓住机遇，珍惜当下，顽强拼搏，努力奋斗。

走过人生七十春，世道沧桑观风景。

深情回望来时路，无怨无悔夕照明。

后　记

2024 年 12 月 16 日，中国物流与采购联合会第七次会员代表大会在安徽合肥召开。在这次大会上，我辞去了担任两届、12 年的副会长职务。新一届领导班子授予我和何黎明会长特别贡献奖，对我们 20 多年来所做的工作给予高度评价。

《中国物流与采购联合会授予特别贡献奖的报告》指出：贺登才同志在中国物流与采购联合会工作 20 多年来，先后担任研究室主任、副秘书长、副会长，中国物流学会执行副会长、秘书长，全国现代物流工作部际联席会议联络员、办公室成员、专家委员会主任，"十四五"国家发展规划专家委员会委员等职。他先后参与了国务院三个物流规划及中办、国办相关文件的研究起草工作，主导起草了 100 多项政策建议报告，为推动我国物流学术体系、政策体系的完善以及物流营商环境的改善等做出了突出贡献，并取得了显著成绩。为表彰何黎明、贺登才同志在推动物流行业发展中的突出贡献，建议第七届理事会授予何黎明、贺登才同志"中国物流行业特别贡献奖"。

我来北京工作马上接近 27 个年头，联合会成立也即将迎来 25 周年。作为参与联合会工作的一员，能够获得如此高的评价，我倍感欣慰。这些成绩既源于 20 多年的不懈努力，也离不开前 30 多年的铺垫和积累。我到北京工作以来的点滴成果，已收录在《物流三部曲》中。如果从 1966 年进入澡堂做临时工算起，我的职业生涯已接近一个甲子，《耕耘三部曲》是对前半段工作生活的回顾与总结。两个"三部曲"基本概括了我一生的经历，也可算作留给后人评说的自传体素材。

相较后 20 多年，前 30 多年的文字虽显稚嫩，但也值得回味。在整理资料的过程中，我不由得想起在澡堂、生产队、县木材公司劳动时工友们、农友们的淳朴感情和无私帮助；想起在地区木材公司、地区物资局和省物资厅工作时领导和同志们对我的感染、熏陶和大力支持。这些经历让我受益匪浅。我深知，我的成就离不开家人的支持，特别是我的夫人，50 多年来不离不弃，与我相濡以沫。正是因为有了大家的支持、帮助和陪伴，我才能取得这么高的成就，也才有了两个"三部曲"的问世。

值此成书之际，我要感谢这个伟大的时代，感谢我们所服务的行业，感谢所有给予我支持、帮助和鼓励的人。